楠芽吹は勇者である

JN217539

oki Mebuki
YUSHA
de aru

企画原案・シリーズ構成
タカヒロ
（みなとそふと）

執筆
朱白あおい
（ミームミーム）

イラスト **BUNBUN**
監修 **Project 2H**

楠芽吹は勇者である

CONTENTS

Kusunoki Mebuki wa
YUSHA de aru

第一話　死んで花実が咲くものか

神世紀三〇〇年、秋――。

海上に聳《そび》え立つ巨大な壁の上に、少女たちは集結していた。その数、三十二人。すべてが無垢なる中学生の少女である。

少女たちの他には、仮面をつけた白装束の女性神官と、まだ幼さの残る巫女が一人ずつ。

彼女たちが立っている壁は植物組織でできており、四国をぐるりと囲んでいた。

この壁は『結界』。人類を乗せた小さな箱舟を守る覆いである。

少女たちの中心に立つ楠芽吹は、隊長として全員に号令をかけた。

「総員、戦闘態勢に入って！」

芽吹《めぶき》の号令で、少女たち全員がスマートフォンを取り出し、アプリを起動させた。

少女たちの体に変化が起こる。着ていた服が一瞬にして特殊な装束に変化し、ある者たちの手には銃剣が、それ以外の者たちの手には大きな盾が出現する。そして体の奥から感じたことのない力が湧き上がってきた。

（これが神樹様の力――）

芽吹の頭の奥がチリチリと痛む。その装束と力に喜びなど感じなかった。あるのは、悔しさと苛立ちだけだ。

（私が望んだものは、『これ』じゃない……私が手に入れるはずだったものは――）

「戦衣《いくさぎぬ》で、星屑以上の相手をしてはいけません」

芽吹の思考を遮るように女性神官がそう言った。

またか、と思う。既に数十回も言われたことだ。そして最後には、必ずこう付け加えられるのだ。

「あなたたちは防人《さきもり》です。敵を倒すことが目的ではありません。決して無理はしないように」

『防人』。

それが芽吹たちの役目だった。

『勇者』ではない。

勇者とは神樹の力をその身に宿し、人類を守る御役目を負った英雄。ここにいる三十二人の少女たちは、本来その勇者になるはずだった。

巫女の国土《こくど》亜耶《あや》が防人たちの前に立つ。

「掛巻《かけま》くも畏《かしこ》き神樹《しんじゅ》、産土大神《うぶすなのおほかみ》、大地主神《おゝとこぬしのかみ》の大前《おほまえ》に恐《かしこ》み恐《かしこ》みも白《まを》さく、捧奉《ささげまつ》りて乞祈奉《こひのみまつ》らくを平《たい》らげく安《やす》げく聞召《きこしめし》て、神樹《しんじゅ》の高《たか》き広《ひろ》き厳《いか》しき恩頼《みたまのふゆ》に依《よ》り、禍《まが》神《かみ》の禍事《まがこと》なく、身健《みすこ》やかに心清《こころきよ》く、守《まも》り恵《めぐ》み幸《さきわ》へ給《たま》へと恐《かしこ》み恐《かしこ》みも白《まお》す」

祝詞を唱える亜耶は、その幼い外見に反し、神秘的な雰囲気を纏《まと》う。略式の安全祈願の祝詞を口にした後、彼女は自らの言葉を述べた。

「絶対に、みんな無事に帰ってきてください。絶対に」

巫女の少女は真剣で、どこか辛そうだった。防人たちが担う御役目は決して安全なものではない。巫女である亜耶はその御役目には参加できないが、他人事だとは思っていない。だから彼女は辛そうな顔をする。

しかし、それさえも芽吹にとっては苛立たしかった。祈られるまでもなく、死ぬ気はない。

生きて勇者に選ばれることが彼女の大望なのだから。

「それじゃあ、行くわよ！」

芽吹が先頭に立ち、少女たちは壁の外側に向かって踏み出す。女性神官が何かつぶやいたが、芽吹の耳には入らなかった。

壁上の特定の位置を踏み越えた瞬間、少女たちの目に映る光景が一変する。

「……ここが、結界の外……！」

結界の内側からは、壁の外の方を見ても、穏やかな青空と瀬戸内海しか見えなかった。しかし一歩でも結界から出れば、神の力で施された幻影が消え、世界は真実の姿を晒す。

四国を囲む壁の外は、まさに地獄と形容するが相応しい灼熱の世界。大地は紅く爛《ただ》れた溶岩のようになり、炎があらゆる箇所から噴き上がっている。爛れた大地の一部は、巨大な卵状のものでびっしりと覆い尽くされている。空は夜中のように暗い。

だが芽吹は怯まなかった。この程度で足踏みをしている暇はないのだ。

「みんな、壁から降りるわよ！　離れず一箇所にまとまって！」

芽吹の指示で、少女たちは次々に巨大な壁の上から飛び降り、爛れた地に降り立った。防人の戦衣は結界外の灼熱に対する耐久力を特別に高めてある。その機能だけは正式な勇者の装備をも上回っていた。戦衣のおかげで、灼けた大地の上でも防人たちは比較的自由に活動できる。

「わぁあああああ!? 赤いよ怖いよ!! 聞いてたのよりずっと危なそうだよお、メブ!!」

芽吹にすがりついてしゃがみ込み、加賀城雀《かがじょうすずめ》が叫んだ。

「離れて、雀。動けない」

「わああ、なんか白いのがいっぱい飛んでるよ!?」

暗い空には異形の存在が無数に漂っている。白く巨大で醜悪な体、口を思わせる器官を持つ化け物。

「あれは『星屑』。習ったでしょ」

「想像以上に気持ち悪いよ! あれが全部敵なんて無理無理無理」

「私たちの任務は敵の討伐じゃないわ。あくまで採取だけだから」

「そんなこと言っても敵は襲ってくるんじゃ……ほら来たぁぁ!!」

星屑たちの一群が少女たちに向かって飛来してきた。彼らは本能的に人類を殺し尽くそうとすると、芽吹たちは教わっている。

「ぎゃー死ぬる!! 殺されるゼッタイ殺される! 助けてメブ～～!!」

しがみついて泣き叫ぶ雀に、芽吹は頭が痛くなってきた。

「何を恐れることがあるのです! 今こそ活躍を見せる時ではありませんか!」

そう言って最前線に躍り出たのは、三年生の弥勒夕海子《みろくゆみこ》。彼女は武器である銃剣を握り、星屑たちへ突撃の構えを見せる。

「ここで功をあげ、弥勒家を……!」

芽吹の苛立ちが募る。

臆病すぎる者と、猪突すぎる者。

どちらも極端すぎる。

「雀は怯えない! 弥勒さんは突出しない!」

「「っ!」」

芽吹の声に、雀はビクリとして泣き叫ぶのをやめ、夕海子は不満そうな顔をしつつも踏み止まった。

「銃剣隊、射撃用意、構え!!」

芽吹の指示により、銃剣を持った少女たちが、一斉に銃口を星屑たちに向けた。芽吹や夕海子を含め、防人たちの過半数は武器として銃剣を持つ。銃剣は刺突武器としても銃としても使える、遠近両用の武器だ。

「撃って!!」

号令と共に一斉射を行われた。接近してきた星屑たちが、銃撃を受けて砕け、消滅していく。

「た、倒した……倒したよ、メブ！」

雀が目を輝かせる。

「でしょ。意外とこんなものよ……人間がきちんと対策を立てていけばね」

あの怪物どもが、旧世紀に人類を壊滅へ追い込んだらしい。

ふざけるな、と芽吹は思う――人間様があんなものに滅ぼされるなど、あってはならない。

「遠くにいる奴らも倒しておきましょうか？」

空に浮遊している他の星屑たちに銃口を向け、夕海子が引き金に指をかける。

「弥勒さん、私たちの役目は調査と採取です。無闇に戦火を広げなくてもいいんです」

「ですが、一匹でも多く殺しておいて悪いことはありませんわ。それとも、もしや芽吹さんは、わたくしが本気を出せば功を立てすぎてしまい、隊長という自らの立場が危うくなると危惧されているのでは？　ふふん、ライバルの戦功を気にしてしまうのは、仕方のないことですが」

少し得意気に言う夕海子。

芽吹の頭痛がさらにひどくなりそうだった。勝手にライバル扱いしてくるのはやめてほしい。

その時、くいくい、と芽吹の服をひっぱる者がいた。

芽吹と同じ二年生の山伏《やまぶし》しずくだ。

「どうしたの？　しずく」

しずくは無言で指を差す。芽吹がその方向に目を向けると、三人の少女が腰を抜かしていた。一人は失禁までしている。

「あらあら。怖いのならば結界内に戻っていればよろしいのに」

頬に手を当てて困ったように言う夕海子に、芽吹は首を横に振る。

「私たちに撤退はありません。みんな、一箇所に固まって！」

芽吹の指示で、恐怖で腰を抜かした三人を守るように他の防人たちが集まる。

今回が初めての壁の外だ。任務は『壁外の土および溶岩をわずかでもいいから持ち帰る』という簡単なものだった。おそらく防人たちを外に慣らすことも目的に入っている。ならば、そんなファーストミッションでもたつくわけにはいかないし、任務から脱落する者や死者を出すわけにもいかない。

完全に一団となった少女たちに、また多くの星屑が飛来してくる。今度の敵の数は、先ほどの倍以上だ。

「銃剣隊、射撃用意！ 護盾隊は盾を構えて！」

「護盾隊って私のことだよね、メブ!?」

「そうよ！ あなたが持ってるのは盾でしょ！ 銃剣隊、総員斉射！」

再び防人たちの銃撃が星屑を砕いていく。だが今回はすべてを仕留めることができない。無事だった数体が迫ってくる。

「盾！」

「ぎゃー!! 助けて――――！」

雀は泣きわめきながらも、盾を前面に押し出した。他にも何人もの少女たちが、雀と同じように盾を構える。それらの盾は巨大化して組み合わさり、部隊全体を包むようにがっしりと壁を形成した。

星屑たちの突進は、盾の壁に阻まれた。

芽吹は大きく息を吸い込み、

「今よ！ 突いて!!」

護盾隊の少女たちが意図的に盾の組み合わせに隙間を作り、そこから銃剣隊が剣を突き出した。銃剣の切っ先は星屑たちを串刺しにする。

「よし……！」

これが、彼女たちの戦い方だった。

防人たちには三種類のタイプがある。銃剣をもって外敵を排除する銃剣型、大きな盾を持つ防衛に特化した護盾型、それら二つを束ねて指示を出す指揮官型。指揮官も武器は銃剣だが、銃剣の威力と戦衣の防御力は一般の銃剣型よりも高い。

防人たちの構成は、弥勒夕海子や山伏しずくを含めた銃剣型が十六人、加賀城雀などの護盾型が八人、楠芽吹などの指揮官が八人。護盾型の防人たちは護盾隊、銃剣型と指揮官は合わせて銃剣隊と呼ばれている。

先ほどの連携で星屑の一群を倒したものの、敵たちは次から次へと少女たちの方へ迫り、盾に突進を繰り返してくる。

「あぁぁやばいよやばいよ！　助けて、メブ～!!」

みっともなく汗と涙をダラダラ流しながら、雀は芽吹に訴えかける。

「自分で自分を助けるのよ。自分を信じなさい」

「自分なんて信じられないよぉお!!」

雀はとにかくうるさいが、本能からか動きは的確で、星屑たちの突進をしっかりと盾で防いでいた。

しかし攻撃が続けば、疲労する者も出てくる。

「きゃっ……!?」

護盾隊の一人が、星屑の突撃の圧力に耐えきれず、ついに弾き飛ばされた。盾の壁の一部が崩れる。他の護盾型防人が塞ごうとするが、それよりも早く、突き出されていた銃剣の一つを星屑が口のような器官でくわえ込んだ。銃剣の持ち主は星屑の強大な力で引っ張り上げられ、盾の壁の外へ放り出された。

「ひいいいぃぃっ!?」

そして無数の星屑が彼女に群がった。白い化け物たちの姿は、死体に群がる巨大な蛆虫を思わせる。

「誰も、殺させないっ!!」

芽吹が盾の内から飛び出し、少女を襲う化け物たちに切り込んだ。銃剣による鋭い刺突が醜悪な巨体を貫く。銃剣の刃は銃弾に比べ、星屑たちを滅する力がずっと強い。一撃で彼らを屠《ほふ》ることさえ可能だ。芽吹は次々に星屑を殺し、食われそうになっていた少女を抱えて再び盾の内側に戻った。

「はぁ、はぁ……」

戦衣の防御力のおかげで、食われかけた少女は体中に噛み痕はあるものの、致命的な傷は負っていなかった。

自分の指揮する部隊で死人など出すものか。怒りと情けと誇りが、等しく芽吹を動かしていた。

汗にまみれながら、彼女は今にいたるまでの過程を思い出す――

楠芽吹は香川県玉藻市に生まれた。

物心ついた時には既に片親で、ずっと父と二人暮らしで育ってきた。

父は大赦関連の社殿建造と修復を生業にする宮大工である。その真面目な性格と比類なき技術の高さにより、大赦からは絶大な信頼を置かれ、同業者からは尊敬されていた。だが、後に芽吹が周囲の大人たちから聞いたところによると、父は真面目で頑固すぎる性格が仇となり、創作物のことになると周囲が見えなくなるので、それが原因で母と離婚したのだという。

彼は口数が少なく、起床してから眠るまでひたすら仕事に打ち込んでいた。休みの日でも道具を整備したり、歴史ある建築物を視察して研究したりと、自らの創作物と技術を高める努力を一瞬たりとも怠らない。酒にも娯楽にも女にも興味がなく、それらに費やす時間があれば仕事や研究に没頭する。父の能力に嫉妬する者は、あんな生き方をして何が楽しいのか、彼の生活には人間らしさがないと陰で罵った。

確かに彼のストイックすぎる生き方は、人間性の欠けたものであるかもしれない。しかし人間性が欠けているからこそ、そこには神聖性があった。

芽吹は物心ついた時から、父の後ろ姿をひたすらに見続けていた。倦むことなき努力によって高い技術を身につけ、人々から称賛され、社会に多大な貢献をする——そんな父が誇りだったのだ。

だから芽吹は、母がいなくても自分が父を支えようと思ったし、父のように己を高めることに集中した。

小学生の時からすべての時間を努力に費やした。おかげで学習も運動も誰にも負けなかった。

父のように尊敬される仕事ができる人間になろう——

それが彼女の夢だった。

父はあまり娘を構わなかった。娘がどのような生き方をしようと褒めもしなかったし、叱りもしなかった。

そして小学校六年生の秋、大赦からの使いが楠家を訪れる。

「素養のある彼女に、重要な御役目を任せたいのです——」

その時初めて、父は娘を褒めた。お前は自分の誇りだと。

嬉しかった。

自分の努力が認められたのだと思った。

父と親戚たちが芽吹を送り出す。口々に「偉い子だ」「元気でね」「頑張って」……そんな言葉を言っていた。

「大赦でも弛まず努力を続けなさい。車輪の下敷きに

ならないように」
誰が言ったのかは忘れてしまった。意味もわからなかった。けれど頭の片隅に、何かの楔《くさび》のようにその言葉は鮮明に刻まれた。
車輪の下敷き。

芽吹が連れて行かれたのは、学校と訓練場が合わさったような施設だった。

彼女の他にも同年代の少女が二十人ほどいた。この中で一人だけが選抜され、『勇者』と呼ばれる御役目につくことになるらしい。

勇者とは何か？

大赦の神官であり芽吹たちの教師となる女性が説明してくれた。

「勇者とは国家で最重要の、人類を守る御役目を持つ者たちです。あなたたちも知っていると思いますが、今から二九八年前、神世紀の始まりの時代に、人類の大半は凶悪な致死性ウィルスによって滅びました。人々は四国を囲む壁を築くことでウィルスとキャリアを隔離し、平穏を取り戻しました」

ここまでは学校の授業でも習った話だった。成績優秀な芽吹なら、当然知っている歴史の基礎である。

だが、その先に説明されたことは、聞いたこともない話だった。

「ですが、人類の歴史の中では、しばしば人の手に余る天災や事件が起こります。そんな時、神樹様から力を授かり、人智を超えた力をもって人々を守る者が出現します。それが『勇者』です。勇者の存在は一般には知られていません。しかし、乃木という名前は有名でしょう？」

乃木は大赦内で最高位の名家の一つだ、と芽吹は聞いたことがあった。

「乃木家は神世紀の始まりの時代に存在した、初代勇者の末裔です。このように、勇者は歴史の陰に存在し、人々を守ってきました。そして先日――」

なぜかほんの一瞬だけ、女性神官は言葉を詰まらせる。仮面をつけているため、その表情は見えなかった。

「当代の勇者の一人が御役目を退きました。ですが、彼女が使っていた『勇者の力を得るための端末』は残されています。それを用いることで、一人を新たな勇者とすることができます。しかし、勇者の御役目は決して軽いものではありません。誰にでもできるものではありません。ですから、優秀なあなたたちの中からさらに選別し、最も相応しい力を持つ者に、勇者の御役目を担ってもらいます」

勇者候補生たちの競争の日々が始まった。

彼女たちは学校と同じ授業を受けるのに加え、勇者となるための訓練を施された。精神面を育てるための修養、基礎体力作り、そして剣術の訓練。この選抜によって勇者となる者は、双剣を武器とするのだという。御役目を退いた勇者は双斧を武器としており、その力をカスタマイズして双剣にするのだそうだ。

環境は変わっても、芽吹の生き方は変わらない。休むことなく努力を続け、ひたすらに自らを高め続けるのみ。

勇者という栄えある御役目を担う——それが芽吹の努力の結果であるなら、素晴らしいことだ。彼女は、弛まぬ努力の末に今の地位と技術を得た父の背中を追ってきたのだから。

勇者候補生たちは誰もが懸命だったが、その中でも芽吹の必死さは群を抜いていた。

日が昇る前から訓練場に入り、放課後は日が落ちて腕が動かなくなるまで剣術の練習を続けた。寮に戻った後はトレーニング器具を使って基礎体力増強に努めた。それが終わった後は、実際の剣術家たちの動きを撮影した映像を見て、イメージトレーニングを欠かさない。

風邪で体調を崩した時も、成長痛で体が痛む時も、一日も訓練を休まなかった。三六五日、睡眠以外のすべての時間を鍛錬に使った。無理がたたって嘔吐し、倒れることもあった。無理し過ぎず程々にしなさいと医務員は言う。無理をせずに何かを成し遂げられるものか。父だって体調を崩しても、愚痴一つ言わず完璧な仕事をしていた。芽吹は自分の生き方を曲げず、努力を続ける。

食べるものにも気を使った。アスリートの食事や栄養の取り方を参考にし、高タンパク、栄養価の優れたものだけを摂取した。味などどうでも良い。重要なことは、その食事が強くなるために役立つかどうかだけだ。

　勇者に選ばれる基準が強さだけとは限らないから、芽吹は学習面でも手を抜くことはなかった。授業中は教師の言葉に集中し、放課後のトレーニング時間を削らずに済むよう、その場ですべてを覚えた。それは集中力を高める訓練にもなった。

　そんな生活を続けていると、他の候補生たちと遊ぶ時間などない。必然的に孤立したが、芽吹は気にしなかった。他人に構っている時間があれば、訓練に費やすべきだ。他の候補生たちが流行のテレビ番組について話している時も、訓練施設に出入りする大赦関係者の男性に対する淡い恋心の話をしている時も、芽吹は目もくれなかった。


　一年が過ぎると、訓練施設にいる候補生の数は半分ほどになっていた。能力不足と判断された者は、実家に帰されていくのだ。

　残った候補生の中でも二人だけが突出していた。

　一人は芽吹。

　そしてもう一人は——三好夏凜《みよしかりん》。

　剣術や運動能力の訓練でも、二人の成績はほぼ同等。当然のように芽吹は夏凜を意識した。

　夏凜も自分に厳しく、孤独に自己鍛錬を積む少女だった。だが、その姿勢は芽吹ほど徹底していなかった。

　訓練中でも、困っている人や悩んでいる人がいたら、放っておけないのだ。

「むむむ……右手を動かしてると左手がお留守に……」

「弥勒先輩、両手の剣を無理して同時に動かそうとしない方がいいですよ。まずは利き腕の剣を中心に動きを作って、利き腕ではない方は補助程度にするんです」

「な、なるほど……！　って、三好さん⁉　下級生に教えられるなんて……弥勒家の恥ですわ！　でも確かにその方が動きやすい！　悔しい！」

　他にも体調が悪そうな者がいれば、自分の訓練を中断して、医務室までその少女に付き添って行ったこともあった。

　芽吹にとって、夏凜の行動は勝利への努力の放棄に他ならない。他の人間に構っている時間も、すべて自己鍛錬に費やすべきなのだ。夏凜自身が訓練の時間を削る必要などない。

ある日の放課後、夏凜と芽吹だけが訓練場に残って鍛錬を続けていた時、芽吹は彼女に話しかけた。

「三好さん。人と馴れ合っていたら、選抜に勝ち残れないわよ。他人の訓練を手伝ったり、自分の訓練の時間を他人のために使ったり……正直、甘いと思う」

「……！」

夏凜自身もそれを自覚していたのか、頬を染めて反論した。

「べ、別に馴れ合ってなんかないわよ！ 甘くもないわ！ 人に教えるのは自分の鍛錬にもなるし、他人を助けてるのも実は全部、私自身の鍛錬に結びついてるんだから」

苦しい反論だ。結局、他人を放っておけないのは、彼女の甘さなのだ。

「まあ、いいけど。その甘さがある限り、勇者に選ばれるのは私だから」

「だから、私は甘くなんかない！」

気分を害したのか、夏凜は「寮でトレーニングするわ」と言って、訓練場から出ていこうとする。しかし去り際に振り返り、小瓶を芽吹の方へ投げた。

芽吹はその小瓶を受け取る。瓶にはクエン酸と書かれたラベルが貼られていて、中に錠剤が入っていた。

「……何？」

芽吹が眉をひそめると、

「それ、効くから」

夏凜は素っ気なくそれだけ言って、訓練場から出ていった。

寮に帰った後に芽吹が調べてみると、クエン酸には疲労回復や筋肉痛を治す効果があるらしい。夏凜は鍛錬中の芽吹の動きから、彼女が筋肉痛になっていることに気づいていたのだろう。

クエン酸サプリメントの小瓶を見ながら、芽吹はつぶやく。

「……そういうところが、甘いってのよ」

また一年が過ぎる。やはり夏凜の生き方は変わらなかった。彼女は他人との馴れ合いを好まないが、どこか徹底していなかった。

その頃になると、施設に残っているのは芽吹と夏凜を含めて五人ほどになっていた。

ある日、女性神官が告げる。

「近く、四国に危機が訪れるという神託が下りました。間もなく最終選考が行われ、あなたたちの中の一人が神に見初められた勇者となり、御役目を担うことになります」

剣術、運動能力、戦闘中の判断力などを基準とした成績から、夏凜と芽吹のどちらかが選ばれることを誰もが確信していた。

最終選考は、明確な試験が行われるわけではない。どのような基準で選び出されるのかも明かされなかった。

(多分、これから日常生活の中で採点が行われて、私と三好さんで高得点だった方が勇者として選ばれるんだわ)

――と、芽吹は判断した。そうであれば、誰にも負ける気はしない。芽吹は勇者として選ばれるために必要なこと以外は、すべて削ぎ落として生きてきた。娯楽も、恋愛も、友情も、何もかもを捨て、針のように鋭く鋭く自らを高めてきたのだ。娯楽や友情といった贅肉を抱えた者に負けるはずがない。

芽吹はこれまでと同じように張り詰めた生活を続けた。訓練の成績は、最終選考が通達された後に限れば、夏凜にわずかながら勝っていた。


そして一ヶ月ほどが過ぎた頃――芽吹は教師兼神官の女性から呼び出される。きっと勇者の御役目を言い渡されるのだろうと思った。

女性神官はこう告げた。

「勇者の御役目には、三好さんについてもらうことになりました」

「…………え？」

「あなたは誰よりも努力していたし、三好さんとどちらが選ばれてもおかしくなかった。ですが、これは大赦および神樹様の御意志です」

「な……なん、で……？」

芽吹の視界が歪み、足元がふらついた。頭が茹だるように熱くなり、同時に身体からはスッと熱が引く。

「せ……成績は負けてなかった！　私は三好さんより

も優秀でした！　なのに、なんで――　うっ」

吐き気がして、口元を押さえる。

「落ち着きなさい、楠さん！　顔が真っ青よ、すぐに医務室へ――」

「落ち着いてなんていられるわけがないでしょう!!　選考の基準は何!?　やり直してください!!　納得できません！　ぜえ、はぁ、はぁ……！」

息が苦しい。呼吸がうまくできない。

「声を荒げず、呼吸を整えて」

「これは、こんな……何かの間違いです……はぁ、はぁ……！」

「選考結果に間違いはありません。あなたの努力も優秀さも、私たちは充分にわかっています。だから――」

「だったら、なぜ!!　……うぅっ……！」

「気持ちはわかります。ですが、結果を受け入れなさい。とにかく、今は医務室へ」

他の神官たちもやってきて、ふらつく芽吹を支えようとする。

「触るな！」

芽吹は神官たちの手を払い、女性神官を睨みつけた。

「私は絶対に認めない!!　私の方が勇者に相応しいんだっ!!」

今にも殴りかかりそうな芽吹の様子を見て、神官たちは数人がかりで彼女を取り押さえた。「セルシンを」誰かがそう言った。神官の一人が医務員を連れてきて、芽吹に注射を打つ。すぐに彼女の思考がボヤけ、体から力が抜けていった。


勇者が夏凜に決定したため、芽吹たち他の候補生たちは故郷へ帰された。勇者に関することを他者に漏らさないよう口止めされた――だが、「国家施策で世界を救う英雄になるための訓練を受けていた」などと、話しても誰も信じることはないだろう。大赦もそれをわかっているためか、口止め以上の対応はしなかった。

実家に戻った芽吹に父は何も言わなかった。責めることも、褒めることもなかった。娘が自分で選び、懸命に頑張ったのだから、結果がどうあれ自分は何も言うべきではないと思ったのだ。

芽吹は地元の中学校に編入した。

誇りと陶酔と勝利への意欲に満ちた夢のような時間

は、終わった。

芽吹は中学校のクラスに溶け込むことができなかった。彼女はあまりにも物を知らなかったからだ。流行を知らない。会話のノリがわからない。他人を楽しませられる話題もない。友人との接し方や遊び方もわからない。カラオケで歌える持ち歌もない。同世代の少女たちが盛り上がる恋愛話なども理解できない。それらはすべて、勇者になるために不要として、芽吹が削ぎ落としたもの。

すべてを犠牲にした二年間の努力の末――

後に残ったのは、普通に生きていれば普通に得ているはずのものを、何も持っていない欠損だらけの少女だった。

芽吹は教室の中で歯を食いしばりながら、惨めな時間を過ごす。

(あの血を吐くような日々の結果が……これなの……⁉)

嘔吐しながら剣を振るったことも、疲労で気分が悪かろうと高タンパクの食事を喉に詰め込んだことも、成長通に耐えて泣きそうになりながら体力トレーニングを積んだことも、すべてが無為だった。

眠れない日々が続く。

夜、布団に入って目をつぶると、勇者の選考結果を言い渡された時のことが瞼《まぶた》の裏に浮かび、怒りで目が覚めるのだ。

(どうすれば良かった……⁉　どうすれば私が勇者に選ばれた……⁉　成績は負けてなかった。だったら、どうやったらあの時、私が勇者になれていたのよ……⁉)

答えの出ない疑問を、芽吹は延々と考え続ける。仮に答えがわかったとしても、時間は巻き戻せないのだから、無意味な行為だ。考えれば考えるほど、惨めで苛立たしい気分になるが、それでも芽吹は考えてしまう。

車輪の下敷き。誰かがそう言ったのを思い出した。

芽吹は布団から起き出して、インターネットでその意味を調べてみた。『車輪の下敷きになる《Unter die Rader geraten》』とは、旧世紀に存在した外国の言い回しで、『落ちぶれる』という意味らしい。

「あ、ははは……そうね、私は車輪の下敷きになった

のね……ふ、ははは……」

　あの時、誰が言ったかわからないが、芽吹はその言葉通りになってしまった。

　やがて季節は移り変わり、夏の刺すような日差しが和らいできた頃——

　大赦の使者が楠家を再び訪れた。

「楠芽吹。人類を守る御役目のために、あなたの力が必要となりました」


　芽吹が連れて行かれたのは、大束町《だいそくちょう》の海沿いに立つ、高さ一五八メートルの建造物『ゴールドタワー』。旧世紀から存在する建物であり、現在は大赦の管理下にある。

　ここ数年は立ち入り禁止になって大がかりな工事が行われていたが、どうやらそれも終わったらしい。

　芽吹は一階のエレベーターから、展望台まで一気に上がっていく。

　ゴールドタワーの中間層はフロアがなく、鉄骨のみで形成されている。外壁は金色のハーフミラーになっており、高く高く上がっていくエレベーターの中から海が見えた。その日は曇り空で、海面は鈍色にくすんでいた。

（大赦の御役目……一体なんなの……？）

　不合格の烙印を押された自分が、今さら呼び出された理由がわからない。

　展望台に到着し、エレベーターの扉が開く。

　その先には芽吹と同じくらいの年齢の少女たちが集められていた。中には、大赦の訓練施設で勇者の座を争った者までいる。

「……！」

　——これは、新たなる勇者の選考に違いない。

　芽吹はそう思った。淀んでいた精神が、再び活力を取り戻していく。

「全員、揃ったようですね」

　現れたのは女性の神官だった。仮面で顔は見えなくとも、声でわかる——かつて勇者選考の時、神官兼教師として芽吹たちに接していた人だ。芽吹は頭に血が上りそうになったが、表面上は平静を保つ。

　ゴールドタワーに集められた少女たちは、女性神官に注目する。

「今ここに集まっているのは、勇者という御役目の候補生だった者たちです」

女性神官の話によると、勇者の候補生には二種類あったらしい。

芽吹たちのように、先代勇者の力を引き継ぐための候補者たち。

そして、四国各地の『勇者適正の高い少女たちを集めたグループ』に所属していた者たち。

神世紀二九八年から、大赦は二つのプロジェクトを同時進行させていた。一つは、四国中の少女たちの勇者適正を調べ、適正値の高い者を集めたグループを各地に作る、という計画だ。人の手に余る天災や事件が起こった時、それらのグループのいずれかが神樹に選ばれ、彼女たちは勇者となる。

だが、勇者適性が高いとはいえ、彼女たちは戦いにおいて素人である。ゆえに彼女たちの先頭に立ち、導いていく役割を果たす者が必要と考えられた。そこで確実に勇者になれる者を、エキスパートとして育て上げる計画が立てられる。そのために『勇者適性が高く、御役目を退いた先代勇者に精神面が近いために、その力を受け継げる者』が集められた。それが芽吹や三好夏凜たちだったのだ。

今ここに集められているのは、神樹に選ばれなかった各地の勇者候補グループの者たち、そして先代勇者の力を受け継ぐに足りないと見なされた者たち――すなわち、勇者になれなかった落第者たちだ。

「あなたたちは皆、勇者適正が高い。その素養を活かして、新たな御役目についてもらいたいのです」

女性神官の言葉と共に、設置されたスクリーンに映像が表示された。

その映像がなんなのか、芽吹たちにはわからなかった。赤く爛れた大地、真っ暗な空、その空をうごめく不気味な虫のようなもの、そして人工物なのか自然物なのかも不明な異形の巨大存在。映画の一シーンだろうかと芽吹は思った。しかしそんなものを見せて、なんの意味がある？

「これは世界の真実の姿です」

――と女性神官は言った。

その場にいた少女たちは皆、言葉の意味を理解できず、キョトンとしていた。

「四国を囲む壁……。ここに映っている映像は、その壁の外を映したものです」

「これが……壁の外？　何をおっしゃっているんですの？」

　気の強そうな顔つきをした一人の少女が疑問の声をあげた。

「確かに壁の外の世界は、致死性のウィルスによって滅びたと聞いています。ですが、この状態は……ウィルスによって、大地が、空が、こんなふうになるものですか？　その不気味な化け物たちは、一体なんなのですか」

「あなたの疑問はもっともです。……人類が隠してきた真実の歴史を話しましょう」

　女性神官は険しい口調で説明を始めた。

　旧世紀、人類がウィルスで滅びかけたというのは偽りである。真実は、『バーテックス』と呼ばれる異形の存在が突如として出現し、人類を滅亡寸前まで追い込んだのだという。

　勇者が出現するのは、『人の手に余る天災や事件』が起こる時。曖昧な表現をされていたが、それはすなわちバーテックスが四国へ攻め込んでくる時のことである。勇者の御役目とは、人類の敵たるバーテックスを撃退することなのだ。

　スクリーンの中の映像が切り替わる。

　特殊な装束に身を包み、異形の巨大存在――バーテックスと戦う少女たちの姿が映し出された。バーテックスの力は凄まじく、少女たちが傷つき、ボロボロになっていく。

「あ……」

　その時、芽吹は理解できてしまった。かつて女性神官が言った、『先代の勇者が御役目を退いた』という言葉の意味。あれは単なる引退などではない。

　殺されたのだ。バーテックスという化け物に。

「神樹様は地祇《ちぎ》の集合体であり、バーテックスは天神《てんじん》が人類を滅ぼすために送り込んだ存在です。壁の外の世界は、天神の力により異界に変質させられました。神樹様が作り出した結界によって、かろうじて四国だけが人の住める状態のまま残っているのです」

　地祇とは土地神。

　天神とは天の神。

四国は勇者たちの働きでバーテックスの侵攻から守られ、神樹の結界で異界への変質から免れている。

「ですが、このままではいずれ神樹様の力が尽き、結界が消え、四国も炎に包まれて滅ぼされます。事態を打開するために、人類も自ら打って出ねばなりません。そこで壁の外に出て異界を徹底的に調査し、反撃の準備を整える御役目をあなたたちに頼みたいのです」

「いやいやいや無理無理無理無理。あんな化け物と戦えるわけない死ぬよ絶対死ぬこれ死んじゃうヤツだよ。あの、えっと、頭痛が痛くなってきたから帰りますです」

一人の少女が、顔を青くしてブツブツ言いながら回れ右をする。が、女性神官は見逃さない。

「加賀城さん、勝手に帰ろうとしない！　もちろん、危険な御役目を生身でやらせたりはしません。戦うための力を用意しています」

勇者たちは神樹から莫大な加護を与えられ、バーテックスと戦うための強大な力を得る。大赦は神樹の加護を科学技術である程度管理し、任意のタイミングで勇者が神の力を引き出せるシステムを作った。防人たちには、そのシステムを量産化したものが与えられる。パワーは勇者に比べて落ちるが、使用できる人数は大幅に増えたのだという。

芽吹たちは防人としての訓練を受けながら、ゴールドタワー内で暮らすことになった。事態はかなり逼《ひっ》迫《ぱく》しているらしい。

防人たちは銃剣を使う者と盾を使う者に分けられ、それぞれ戦い方を教えられた。

芽吹はかつて双剣の鍛錬を受けた。しかし、銃剣は双剣とはまったく戦い方が異なる武器だ。銃として使うならば狙撃の技術が必要となり、銃口先の短剣を使う場合は槍術を基本とする。また、防人たちは数が多いという利点を活かすため、集団戦となる。

戦いの技術は、一から学び直しになった。

人並み外れた努力家である芽吹にとって、技術の再修得は大きな問題ではない。ただ――彼女の胸には怒りがうずまいていた。

（大赦は私を失格にした……そのくせ今になって、人手が必要になったから呼び出した。都合のいい道具扱

いだ……！　しかも私たちは勇者じゃない。量産型のくだらない役目……勇者になれない私たちでも、それくらいならできるでしょうってこと!?　バカにしてる!!）

だったら——

だったら、認めさせてやる。

（この御役目で大赦の連中の想定以上の成果をあげ、私の力を認めさせ、勇者に相応しかったのは私なのだと教えてやる。私を選ばなかったのは間違いだったと思い知らせてやる!!）

芽吹は凄まじい速度で、銃剣の扱い方と組織として戦い方を身につけていった。

やがて少女たちが一通り訓練課程を終えた頃、部隊の隊長を選出することになった。

一般の防人たちの上に指揮官型の防人がいて、さらにその指揮官を含めた防人部隊全体をまとめるのが隊長だ。

「立候補者は手を上げてください」

女性神官の言葉に芽吹が挙手する。他にも数人の少女が手を上げた。女性神官は彼女たちの顔を見て、頷く。

「では、実技の成績で決めましょう」

銃剣での模擬戦、狙撃能力の測定、基礎体力測定、そして部隊指揮能力の審査……様々なテストが行われた。

芽吹は他に追随を許さないトップ成績を叩き出し、隊長となることが決定した。その好成績ゆえ、大赦関係者も防人の少女たちも誰もが納得した——たった一人を除いて。

「楠芽吹さん！　今回は惜しくも力及びませんでしたが、訓練と実戦は異なるものです。実際の御役目では、この弥勒夕海子が、あなた以上の手柄を立ててみせますわ！」

「えっと……誰？　あなた」

「が——んんん!?　え？　ちょっと待ってください！　もしかして、わたくし、認識されてなかった?」

弥勒夕海子と名乗った少女は顔面蒼白になってしまう。

「ええ、まあ……」

芽吹は気まずそうに頷いた。防人は三十二人もいるし、会って一ヶ月も経っていない。生活のすべてを訓練に費やしていた芽吹は、まだ他の仲間の顔もほとんど覚えていなかった。

「そ……そんな!? わたくしは以前、勇者の候補生として、あなたや三好さんと共に切磋琢磨しておりましたのよ! その時から! 一切アウトオブ眼中だったということですか!? 嘘でしょう!? 嘘ですよね!?」

どうやら、会って一ヶ月も経っていないわけではなかったらしい。

多分、よほど能力が平凡だったのだろう。三好夏凜などのような高い能力を持った者なら、絶対に覚えていたはずだ。

そういえば勇者の訓練生だった時代、模擬戦でやたらと勢い任せに突っ込みたがる上級生がいた。確か彼女は、「弥勒家の名誉が!」とか「弥勒家の名のために!」などとよく口にしていた気がする。

ポンッと芽吹は手を打った。

「ああ、思い出しました。いましたね、そういえば。弥勒さん」

「あああぁ!! 本当にわたくしを認識していなかったのですねええええ!?」

そんな騒ぎはあったものの、芽吹は防人隊の隊長となり、御役目が始まる日まで訓練が続いた。

弥勒夕海子はやたらと芽吹をライバル視し、いつも彼女に突っかかってきた。

やたらと自分に自信がなくネガティブな加賀城雀は、防人の中で一番強いのが芽吹だとわかった後から、「御役目の時は私を守って! 絶対! 絶対だからね! 守ってくれないと私、死ぬんだからね!」といつも涙目で訴えてきた。

山伏しずくというやたら無口な少女は、無愛想な芽吹になぜか懐き、いつも彼女の近くにいた。

また、防人たちのお目付け役とも言える少女がいた。神樹から神託を受け取る能力を持つ、『巫女』という存在の一人・国土亜耶。見た目の幼さから、芽吹は小学生だと思っていたが、どうやら中学一年生らしい。

そして――今日が防人たちの初めての御役目だっ

た。

　星屑が少女たちを執拗に襲い続ける。

　負傷者や恐怖で動けない者もいるため、芽吹たちは移動することができない。しかし今回の任務は、壁外の土壌や溶岩を少しでも持ち帰ることだから、移動できなくても可能だ。

　問題は星屑の数が多すぎること。護盾隊の盾だけに頼っていては、さっきのように力押しで防御を崩されてしまう。

　芽吹は一瞬だけ考え、指示を出す。

「護盾隊は隊全体の防衛を継続！　二番から八番の防人は盾の外で星屑を撃退し、護盾隊の負担を軽減して！　それ以外の者は採取を！」

　芽吹の言葉に従い、それぞれが動き始めた。『二』から『八』の番号を持つ防人は能力の高い指揮官型で、盾の防御の外に出て星屑たちと対峙する。護盾型防人は盾の壁を形成し続け、一般の銃剣型防人を守る。彼女たちは護盾型に守られながら、洋梨形の筒に土や溶岩の塊を入れていく。この筒は羅摩《かがみ》と呼ばれる採取用の道具だ。溶岩などの超高温の物体でも、問題なく保存できる。

　『一』の番号を持つ芽吹も、銃剣の剣を振るって星屑たちと戦った。

（私は、絶対にこの御役目を完璧にこなして、勇者に昇格する……！　今までの人生を——すべてを捨てて積み上げてきた努力を、無為にされてたまるか!!）

　怒りをぶつけるように、芽吹は敵を殲滅していく。

だが、敵の数はやはり多すぎた。芽吹の背後から隙をつき、星屑が一体接近する。

（くっ……！）

　まずい——

「させませんわ！」

　夕海子が護盾隊の守りの外に飛び出して、芽吹を食らおうとした星屑を突き刺し、切り裂く。

「今、あなたを救ったのは弥勒夕海子だということをお忘れなく！」

　そして夕海子は、そのまま星屑たちと戦い続ける。

「弥勒さん、指示に従い、採取作業に戻ってください！」

「ふふん、わたくしにはあのようなチマチマした仕事よりも、前線に立って敵を討ち取る方が合っていま す！　最も多くの首級をあげる名誉は、この弥勒夕海子がいただきますわー！　まあ、コイツらには首などありませんが！」

意気揚々と戦い続ける夕海子。

「…………はあ」

芽吹はため息をつく。しかし確かに彼女の性格には、採取作業よりも戦う方が合っているだろう。戦場においては臨機応変な対応が必要——芽吹はそう思い直し、彼女を放置することにした。

また星屑たちの一群が芽吹に接近してくる。

「メブ————!!」

雀が他の護盾隊から離れ、芽吹の前で盾を構える。星屑たちの突撃が盾のおかげで阻まれ、芽吹は一体ずつ順次倒していくことができた。

「助かったわ、雀！」

「メブが死んだら誰が私を守るの!?　絶対に生きて私を守り続けてくれないとダメなんだからああ！」

「…………」

人を守りながら守ってくれと訴えるとは。彼女も芽吹の指示から外れた行動をしているが、おかげで助けられた。

一方、しずくは芽吹の指示通り、無言で淡々と採取を行っていた。恐怖や怪我で動けなくなっている防人たちや、盾を固めているために採取ができない護盾隊防人たちの羅摩も借り受け、そこに土や溶岩を詰めていく。少しでも多く採取物を得るためだ。

夕海子も雀もしずくも、臨機応変に動きながら、充分に成果をあげている。

（大赦の連中も、神樹様も、私たちを『勇者になれない力不足な者たち』と思っているでしょうね……でも、私たちはやれる！　私たちは落第者なんかじゃない！）

車輪の下敷き。

その言葉が脳裏をよぎった。

芽吹は銃剣を握りながら、思う。

（上等よ！　私たちは下敷きになんかされない！　そんな車輪なんてぶち壊してあげるわ!!）

その後、充分に採取ができたこと、そして護盾隊の

体力が限界に来たと判断した時点で、芽吹は叫んだ。

「撤退開始！　怪我人と動けない人には、無事な人が肩を貸してあげて！　死者は絶対に出さない！　全員で生きて帰るのよ！」

ボロボロになりながら、防人たちは壁の中へ戻ってきた。

死人が出なかったことを喜ぶべきか、早くも怪我人が続出したことを嘆くべきか。

とにもかくにも、初めての御役目では、防人たちは全員生還した。

（私は、必ず勇者になってやるんだ……。そのためなら、どんなことだってやってやる……！）

楠芽吹を突き動かすものは、怒りである。

自らの誇りのために、自らの生き方を誰にも否定させないために、少女は戦い続ける。

これより語られるのは、美しく華麗に咲く花たちの物語ではない。

名も知られず誰の目にも止まらず、人に踏みつけられながら、それでも地を這うようにして必死に生きる雑草たちの物語。

勇者でない者たちが、勇者に成る物語――。

01
25

楠芽吹は勇者である

Kusunoki
Mebuki
wa YUSHA
de aru

楠芽吹は勇者である

Kusunoki
Mebuki
wa YUSHA
de aru

第二話　連《れん》木《ぎ》で腹を切る

「ごめん……本当にごめんなさい……」

楠芽吹の目の前で、少女はうなだれながら、そう呟いた。

「あなたはそれでいいの!?　せっかく防人《さきもり》として訓練してきたのに、ここで諦めたら何にもならない！　人が少なくなったら、私たちの任務だって――」

「ごめん……私には無理だったんだよ……ごめん……」

芽吹の言葉を遮《さえぎ》り、彼女は同じ言葉を繰り返す。

この子はもう無理だ――芽吹はそう思った。完全に心が折れてしまっている。

「……とにかく、もう少しだけ考えてみて」

「うん……でも、考えは変わらないと思う……本当、ごめん……」

少女は俯いたまま部屋から出ていった。

自室で一人になった芽吹はため息をつく。

「これで三人目、ね……」

初めての任務が終わった後、三人の少女がこれ以上防人を続けることはできないと言い出した。

少女たちは、事前に結界外の世界の惨状について話を聞かされていた。だが、実際に目の当たりにすると、その光景は彼女たちにとって想像以上に絶望的だったのだ。延々と広がる爛れた大地、倒しても倒しても減らない化け物たち――。

前回の任務の中で死者こそ出なかったものの、多くの防人が負傷した。手術が必要なほどの重傷を負った者もいる。その被害を目の当たりにすれば、次は自分がそうなるかもしれないと身がすくむ者も出てくる。

防人をやめたいと言い出した三人と、芽吹はそれぞれ話をした。結果、一人は思い止まらせたが、他の二人には芽吹の言葉がまったく届かない。

「情けない……勇者にも選ばれなくて、ここでも逃げてどうするのよ……!!」

苛立ちと共に、芽吹は吐き捨てた。

勇者が戦うバーテックスの強さは、星屑の比ではない。だが防人たちは星屑にさえ怯え、逃げ出そうとする。

勇者との格の違いを見せつけられているかのようだ。お前たちはやはり落第者なのだと。

「私は……違う」

芽吹は拳を握りしめる。

「私は落第者なんかじゃない……必ず勇者になってみせる」

芽吹はゴールドタワーの展望台へ来た。

かつてこのタワーは、最上部と地上近くの数階だけにフロアがあり、その間は鉄骨しかない空洞構造だった。今は大赦《たいしゃ》により改築が行われてフロアが増え、防人たち用の個室が作られている。

展望台は以前のまま手を加えられていない。海側を見れば、崩れた大橋と四国を覆う壁が目に入る。内陸側を見れば、丸亀城や讃岐富士まで一望できる。

「……痛いわね……」

苦々しい思いで芽吹は呟く。

重傷者が二名、心が折れてしまった者が二名。数を頼みとして戦う防人にとって、欠員は部隊全体の存続をも脅かす。怪我をすぐに治すことはできないが、防人をやめたいと言っている者は、なんとか思い止まらせることができないだろうか。

「防人の御役目を辞退したいという者が二名出たと聞きました」

「――!」

背後からの声に芽吹が振り返ると、例の女性神官が立っていた。いつものように仮面で顔を隠し、表情はうかがえない。

脱退を訴える者たちの話は、既に大赦に伝わっているようだ。

「また、戦闘不能な重傷者が二名。次回の御役目まで彼女たちの回復を待つ時間はありません。能力の高い指揮官型に欠員は出ていないから、すぐに補充できるでしょう」

淡々と告げると、彼女は芽吹に背を向け、エレベーターに乗って展望台から下りていった。

「補充……？」

芽吹は神官の言葉を繰り返す。心がわずかにざわめいた。


楠芽吹の朝は早い。

日が昇るより先に起き出し、トレーニングウェアに着替えてタワーを出る。近くの臨海公園から走り始めて駅へ向かい、線路沿いと海沿いを通り、再び臨海公園に戻る。このコースを二週ほど回る。防人になって以降、芽吹の日課になっているジョギングだ。

その後、訓練施設の道場へ向かう。かつてタワー周辺には遊戯用施設があったが、今は防人たちの訓練場に作り変えられていた。

この時間に道場にいるのは芽吹だけだ。木銃——剣道における竹刀のような木製の模擬銃剣を使い、技の練習を行う。最も基本的な直突から始めて、脱突、下突、連続突き、払い突き、そしてそれらを組み合わせた様々な応用技。一動作ごとに筋肉や関節の動きを意識して確認し、イメージする理想の動きとのズレを調整していく。銃剣術の技はあくまで対人間の技術であるため、星屑たちにそのまま使えるわけではないが、訓練以外に強くなる方法はないのだ。また、木銃を使った技の訓練の後、実際のライフル銃を使って射撃の訓練も行う。

ジョギング、銃剣術、射撃、合わせて三時間ほどトレーニングした後、芽吹は朝食を摂るためにタワーに戻る。

だが、今日はタワー出入口に女性神官が立っていた。

「朝食の前に、あなたたちに伝えることがあります。展望台へ向かいなさい。他の者たちはもう揃っています」

「着替える時間もなし?」

「構いません。ほんの数分で済む伝達事項です」

芽吹はトレーニングウェアのまま、神官と共に展望台へ上がった。

展望台には防人たちが集まっていたが、昨日「御役目をやめたい」と言った二人の姿はなかった。替わりに見覚えのない少女が四人いる。

「今日から彼女たちが新たに防人の御役目につきます」

こともなげに女性神官はそう言った。

彼女は四人の少女たちに、タワー内の空いている部屋を自室として使うように告げる。そこは重傷を負った二人と防人をやめたいと言った二人が使っていた部屋だった。その部屋はもう『空室』になっていたのだ。

昨日女性神官が言った、『補充』という言葉を思い出した。

(私たちは……消耗品ってわけね)

いくらでも掛け替えができる部品。摩耗すれば捨て

られ、新たな部品が補充される。個々の部品には名前さえ必要ない。捨てられた廃品に見向く者もいない。

「わーん、メブ〜〜〜！」

教室で加《か》賀《が》城《じょう》雀《すずめ》は勢いよく芽吹に泣きついた。

「やっぱり私も防人やめるって言うべきだったよ〜〜〜！　タワーを出ていった人たち、あんな簡単にやめられるんだったら、私もやめる〜〜〜！　やめるやめればやめる時ー！」

わめく雀を芽吹はスルーし、黙々と鞄から教科書を取り出して、一時間目の授業の準備を始める。

防人にも申し訳程度の授業は行われるのだ。訓練施設の中に、そのための教室が作られている。いつ不要になっても彼女たちが元の生活に戻れるようにするためか。それとも大赦が『自分たちは防人を人間扱いしている』と、自らに言い訳するためか。

雀が朝から泣きわめくため、注目を浴びそうなものだが、他の少女たちも芽吹と同じようにスルーしていた。雀が芽吹に泣きつく姿は、路上に転がる石ころくらいに日常化していたからだ。

「雀、何度も言ってるでしょう。あなたには充分、力があるの。やめるなんて言わない」

「でもでも、防人やめていった人たち、私より訓練成績も良かったんだよ！」

「訓練はあくまで訓練よ。実戦ではあなたの方が優秀だった」

雀は自己評価も大赦からの評価も低いが、芽吹は彼女の能力を認めている。雀は初めて壁外に出た時も、しっかりと自らの役割を果たしていた。負傷者が多くいる中、彼女は泣きわめきながらも無傷で帰ってきた。

「雀、あなたはもっと自分に自信を持ちなさい」

「自信なんて持てないよぉ！」

「じゃあ、どうして防人をやめたいって言わなかったの？」

「う……それは……。よ、よ〜し、言うぞ！　私、防人やめるって言うぞ！　あの女神官さんに言ってくる！　言うぞ言っちゃうぞグッバイゴールドタワー！」

「はいはい」

「…………うわーん、やっぱ言うの怖い殺されそう！」

あの神官さん、仮面越しでも冷たい視線が刺さるっていうか！　あの人、きっとロボットか何かだよう！　第一なんであの人、まったく仮面を外さないの!?」

「……そうね……」

芽吹は勇者候補生だった時から、あの女性神官が仮面を外したところを一度も見たことがない。彼女は神官であり、教師の仕事も兼ねていたが、授業中でも仮面を外さなかった。他の神官たちよりも徹底して顔を隠す……何か理由でもあるのだろうか。

「きっと仮面を外したら、その下には機械の顔が――」

「加賀城さん、席につきなさい」

雀の言葉を遮り、女性神官が教室に入ってきた。

「ひぃっ！　は、はい！　すぐ席につきますロボット神官とか防人やめたいとか言いません！」

雀は脱兎のような速さで自分の席に戻った。

「では、教科書の一五六ページを開いて」

女性神官は教壇に立ち、無感情に授業を始める。かつてと同じように、彼女は防人たちの教師役も兼ねている。そして、やはり仮面をつけたまま授業を行う。

芽吹は授業を聞きながら、教室の中を見回してみた。

新しく防人となった四人が、それぞれの席で白い顔をして俯いている。おそらく壁の外の真実と、自らの任務を聞かされたのだろう。

だが、話を聞くよりも、体験する方がもっとつらい。彼女たちは初めて壁外に出た時――耐えられるだろうか。

この教室にいる者の中で、何人が最後まで残れるのだろうか。

そもそも防人の御役目に終わりがあるのか。

（――いいや、終わらせてやるわよ。私はいつまでもこんなところにいる気はない！）

授業の後は昼まで訓練が行われる。

前回、壁の外に出た時のデータを元に、防人たちの動きに改良を加えていく。最大の問題点は盾を持つ防人たちだ。盾で防げば星屑の突撃を防げるが、奴らの執念深さは並外れていた。星屑たちは集団で何度も突撃を繰り返し、防人の盾は予想よりも早く破られてしまった。

護盾型防人の体力増強、および星屑たちの攻撃を集中させないための陣形や戦い方などを中心に訓練していく。

昼食はタワー内の食堂で摂る。自分の好きなものを注文して食べる形式だ。

最近は防人たちの中でも、仲の良い者同士でグループができ始めていた。こういうところは普通の学校と変わらない。

芽吹が一人で食事をしていると、雀が自分の昼食を持って同じテーブルにやってきた。

「うう、次の御役目はいつになるのかな……次で死ぬ絶対死ぬ」

「死なないわよ。私の部隊で死者なんて出さない」

「ああん、メブ、頼もしいよう！　メブは私の神様だよう！　次回の御役目でも絶対に私を守ってね！　約束だからね約束！　破ったら私、死んじゃうからあ！」

雀は芽吹に抱きつく。彼女のネガティブさは問題だと思うが、頼られるのは悪い気はしない。

「あらあら、ずいぶんと騒がしい人たちがいらっしゃいますわ。食事というものは、もっと優雅に気品を持って行うものです」

と言って現れたのは、三年生の弥勒夕海子《みろくゆみこ》。彼女も自分の食事を持ってきて、芽吹と同じテーブルにつく。

「さて次の御役目こそ、わたくし弥勒夕海子が――」

「雀は死ぬ死ぬって言うけど、壁の外に出た時も私は一度もあなたを守ってないわ。雀が生き残ったのは、雀自身の力よ」

「ええ、またまた！　何言ってるの、ず～っとメブが私を守ってくれてたじゃない」

「雀の頭の中では、どんな記憶改変が行われているのかしら……」

「ちょっと！　わたくしを無視しないでくださいませんこと!?」

眉を逆立て、夕海子は芽吹の前に身を乗り出してくる。

「あ。すみません、弥勒さん。私に話しかけてたんですね。気づきませんでした」

「……!?　ふ、ふ、ふ……み、弥勒家の者として、民には寛大であらねばなりません。この程度のことで怒るほど器は小さくありませんわ……」

しかし、彼女の肩はぷるぷると震えていた。

「そんな態度を取っていられるのも今のうちだけです……次こそはわたくしが芽吹さんよりも多くの星屑を討ち取り、あなたより優秀だと証明してみせますわ！」

「弥勒さん……私たちの任務は調査ですよ」

「ふふ、ご安心なさい。わたくしがあなたに勝って隊長となった暁には、芽吹さんをわたくしの右腕にしてさしあげます。光栄に思いなさいな」

「…………」

話が通じない。

「仲良しなのはいいですが、ケンカはいけませんよ、芽吹先輩、弥勒先輩」

国土《こくど》亜耶《あや》も芽吹たちのテーブルに食事を持ってやってきた。彼女は中学一年生で、タワーで暮らす少女たちの中で唯一、防人ではない。神樹の神託を聞く能力を持つ巫女である。

「わたくしと芽吹さんは好敵手。仲良しなどとは違いますわ！」

「ふふっ。そういうところが、仲良しに見えますよ」

亜耶の笑顔に夕海子は毒気を抜かれてしまう。仕方なく、彼女は大人しく椅子に座って食事を始めた。

「そういえば亜耶ちゃん、午前中は姿を見なかったけど、何かあったの？」

午前の授業に亜耶が出ていなかったため、芽吹は気になって尋ねた。巫女は防人の訓練を受けないが、授業は皆と一緒に受けることになっている。

「新しく防人になった方がいますので、神樹様にお祈りしていたんです。今日防人になった方も、既に防人である皆様も、誰もが無事に御役目を全うできますように、と——。隊長の芽吹先輩には伝えておくべきでした。ごめんなさい」

「ううん、気にしないで。ちょっと心配になっただけだから」

「ありがとうございます。芽吹先輩は優しいですね」

亜耶は微笑む。

「そんなこと……」

優しいのは亜耶の方だと、芽吹は思う。

巫女は大赦の厳しい管理下に置かれるという。一般人との接触は完全に禁止され、家族と会うことも制限される。神樹の神託を受けるという国家の中枢に関わ

る存在であり、必然的に壁の外の世界やバーテックスのことも知ってしまうためだ。

亜耶が何歳の時に特別な力を発現させたのかは知らない。だが、芽吹が初めて会った時には、彼女は巫女として相当の訓練を積んでいるようだった。そうであれば、かなり幼い時から大赦管理下で生活していたのだろう。

幼くして残酷な世界の真実を知らされ、甘えたい盛りの時に家族と会うこともできない。それでも亜耶は歪むことなく、今も不平一つ言わず、巫女としての役割を全うしている。神樹を敬虔に信じ、周りの人々のために身を粉にする。

亜耶は年下だが、芽吹は彼女に敬意を持っている。

「防人をやめて去った方々にも、きっと神樹様のご加護がありますよ」

心の底から亜耶が願っているのは、口調と表情からわかる。

その後芽吹は、山伏《やまぶし》しずくが食事をトレーに乗せたままウロウロしているのを見かけた。空いている椅子が見つからず、困っているようだ。芽吹は隣の椅子が空いていたので呼びかける。

「しずく！　場所がないなら、こっちに来たら？」

しずくは無言で頷いてやってくる。そして芽吹の隣に座り、無言のまま食事を始めた。

彼女は口数が少なく無表情なため、考えがわかりづらい。しかし行動中の判断力には優れたものがあり、芽吹はしずくを目にかけていた。

しずくに与えられた防人の番号は『九』。

防人の番号は、能力の高さ順につけられている。一から八までは指揮官型だから、しずくは指揮官以外では最も能力が高いと大赦から認められているのだ。

（とはいえ、それも過大評価な気はするけど……）

彼女の判断力や作戦執行能力は芽吹も認めているが、戦闘や運動の能力は平均以下。『九』という番号は高すぎるように思えた。

楠芽吹、加賀城雀、弥勒夕海子、国土亜耶、山伏しずく。

この五人はよく一緒に行動しており、一つのグループとして周囲からも認識されていた。

（妙な感覚ね）

芽吹はこの状況に、まだ少し慣れない。勇者の候補生だった時から、ずっと彼女は一人だった。周囲の人間を気にすることもなかったし、一人だけですべてが完結していた。

けれど今は隊長になったせいもあって、周囲の人間との交わりができ始めている。

「——しかし、今日も芽吹さんの食事はいつも通りですわね」

夕海子が芽吹の食事を一瞥《いちべつ》する。

芽吹の昼食メニューは、うどんにゆで卵二つ、豆腐、牛乳、ヨーグルト、ササミ、山盛りのサラダ。

「うどんに牛乳って、どうなんですの？　牛乳をお茶に替えるとか、うどんをパンに替えてはいかが？」

「味の組み合わせの良し悪しなんて考えてませんから。体を作るための栄養が豊富な牛乳は、欠かせません」

「……では、うどんを替えては？」

「パンにうどんの替わりなんてできません。生まれた時からこれを食べてきたんですから」

きっぱりと告げる芽吹。

「私もおうどん、好きですよ」

亜耶も芽吹と同じく、よく食事にうどんを食べている。

「確かに香川のうどんはおいしいですけど。でも、たまには別のものを食べてもいいと思いますわ。芽吹さんのメニューは、いつも同じな気がします」

「タンパク質やビタミン、ミネラルの含有量を考えて、これがベストな食事です」

「……思えば、三好夏凜《みよしかりん》さんもサプリメントばかりを食べて、食事に味を求めない性格でしたね……。元勇者候補生トップ二人の変な共通点ですわ」

「でもさ、それを言うなら弥勒さんだって、いつもカツオのタタキ食べてるよね」

雀が夕海子のトレーを見ながら言う。

「ふふん、カツオの魅力を知らないとは、人生の半分、いえ八割くらい損をしていますわ。この食堂で出るカツオもおいしいですが、わたくしの地元・高知の本場のカツオは、さらに別格ですわよ。すぐに用意させましょう。アルフレッド！」

夕海子がパンパンッと手を叩いた。

何も起こらなかった。

「どうやら執事のアルフレッドは休暇中のようですわね。仕方ありません、本場のカツオをお見せするのは、またの機会に」

「いや、執事なんて元々いないし。名前も超ウソ臭いし」

疑いの目で夕海子を見る雀。

「わたくしが実家にいた時は、呼べばいつ何時《なんどき》でもどこにでも、アルフレッドは現れたのですが」

「そのお嬢様設定、さらにウソ臭い……」

「設定ではありませんわ、雀さん！　弥勒家は誇り高き名家です、無礼なことを仰らないように！」

「私は尊敬してますよ。弥勒家のことも、弥勒先輩のことも。かつて赤嶺《あかみね》家と共に世界を救った弥勒家の高名はよく聞いています。先輩自身も防人という神樹様の大切な御役目を果たしていますし、さすが名家の令嬢です。とってもすごいことですよ」

亜耶はしきりに感心した様子で言う。

夕海子は感動して彼女を抱きしめた。

「ああ、国土さんはなんて良い子なんでしょう！　あなただけです、理解してくださるのは！」

亜耶は照れながらも、為されるがままにされている。

「まぁ、それはともかくとして……地元のおいしいものをみんなに食べてもらいたいって気持ち、わかる。私も地元のオレンジジュースをみんなに飲ませてあげたい」

デザートのミカンを食べながら、雀が言う。

「雀は愛媛出身だったわね」

「そうそう。でもさー、だからこそさー、な～んで私が防人に選ばれたの～……？　愛媛って四国で一番人口が多いんだから、私よりうまくやれる人が絶対いるよ～……」

雀はテーブルに突っ伏す。

「私と亜耶ちゃんが香川出身で、弥勒さんは高知、雀は愛媛。バラバラね」

芽吹の言葉に、夕海子が真剣な表情を浮かべる。

「でしたら……やることは決まっていますわね」

「なんですか？」

「当！　然！　どの県が一番優れているかの勝負ですわ！　まあ、一番はもちろん高知です。四国最大の面

積、豊富な緑！　カツオを始めとする海の幸！　そうそう、歴史上でも高知すなわち土佐藩と言えば有名ですわ。そして何より、高知には弥勒家があります！」

夕海子の言葉を聞き、芽吹の負けず嫌いに火が点いた。

「香川だって負けませんよ。食べ物ならうどんはもちろん、高級砂糖『和三盆』や骨付鳥だって有名です。歴史を語るなら、かの有名な弘法大師空海は香川出身！　それに四国一の都会です。県庁所在地、玉藻市の繁栄ぶりは有名でしょう！」

「……待って、四国一の都会は愛媛だよ。こっちの県庁所在地だってスゴいんだから！　人口は四国最大だし、道後温泉は歴史三〇〇〇年、古事記にだって書かれてる！　……あ、ごめんなさい、なんか底辺が調子に乗って言い過ぎました。すみません」

ペコペコと頭を下げる雀。

「……山伏しずくさん！　あなたのご出身は？」

しずくは黙々と食事をしていたが、夕海子に訊かれて少し首を傾げる。まるで言葉そのものを忘れてしまい、それを思い出しているかのような沈黙の後、彼女はぽつりと答えた。

「徳島」

「むう。全員バラバラですわね」

「あはは、そうですね。なんだか不思議です。四国全部の出身者が揃ってしまうなんて」

亜耶は柔らかい笑顔を浮かべる。

「そうですわ、せっかくですから、しずくさんのことをもっと聞かせてくださいな。しずくさんとは、前々からいろいろお話したいと思っていたのです。どんなご家庭で育ったのですか？　ご両親などは？」

夕海子が尋ねると、また無言の間があった後、しずくは答える。

「親は心中。した」

…………。

気まずい沈黙が流れる。

（どうするんですか、弥勒さん！　この空気！）

ジロリと夕海子を睨む芽吹。夕海子はあからさまに目をそらした。

（わたくしの責任ではございませんわ！　知らなかったんですもの！）

という心の声が聞こえそうだった。

一方、雀はすがるように芽吹を見つめる。

(助けてメブ～！　この空気をなんとかして～～！)

雀の目がそう訴えていた。

芽吹は必死に頭を回転させ、話題を探す。

「……ず……ずっと徳島に住んでたの？」

やっとのことで芽吹が思いついた問いかけに、しずくは首を横に振る。

「小学校は神樹館」

それを聞いて亜耶が目を丸くする。

「神樹館ですか！　確か二年前、神樹館の生徒の中に勇者様がいたんです。しずく先輩は当時の勇者様と年齢が同じですし……もしかして知り合いだったんじゃ」

しずくはコクリと頷く。

「隣のクラス。だったから」

「はあ～……なんだか驚きました。先代の勇者様の知り合いがいるなんて」

感嘆して亜耶はため息をついた。

芽吹は真剣な目でしずくを見つめる。

「どんな人だったの、先代の勇者って……？　どんな人が勇者になれたの？」

今でもわからない。なぜ自分は勇者になれなかったのか。訓練成績は三好夏凜に負けていなかった。勇者という御役目への責任感も充分あったはずだ。しかし選ばれたのは、芽吹ではなかった。

勇者と自分は何が違うのか――芽吹は知りたい。

その時、午後の訓練開始のチャイムが鳴った。

結局、しずくから答えは聞けなかった。


二回目の結界外調査が行われたのは翌日だった。新しく防人となった四人は、必要最低限の武器の扱い方だけを教え込まれ、戦地に投入されることになった。

充分な訓練時間を取れないほど、大赦は焦っている。神樹の寿命の尽きる時がそれほどまで間近に迫っているのだろうか。

「今回も密集陣形で行くわ。目標地域までの到達予想時間は三十分。持ちこたえて！」

芽吹の指示通り、防人たちは密集して爛《ただ》れた大地を進んでいく。

前回は壁のすぐ外の土壌を持ち帰るという任務だったため、壁近くから動く必要がなかった。しかし今回は、旧世紀の日本列島で『中国地方』と呼ばれていた地域まで行き、土壌の採取と状態観測を行う。

防人たちは勇者よりも運動能力が低いとはいえ、障害が一切ない状態で移動すれば、壁から中国地方まで数分で到着できるだろう。しかし、醜悪で厄介な障害物たちが存在するため、そう簡単にはいかない。

「ぎゃああああ――来た――――!!　助けてメブ～～～!!」

雀の絶叫は、もはや危険の接近を知らせるアラートだ。密集して灼熱の地を進む防人たちに、星屑の一群が迫ってくる。

「護盾隊は盾を展開して！　銃剣隊の奇数番号は星屑と交戦し、護盾隊の負担を減らす！　偶数番号は後で交代するために盾の内側で温存！」

護盾型防人たちが盾を大型化させて組み合わせ、部隊全体を覆う。星屑たちは盾の壁によって突撃を阻まれた。移動速度は落ちるが、部隊は盾の壁を展開したまま進む。

銃剣隊の半数は盾の壁の外に出て、星屑を討伐していく。盾だけに頼れば防御を破られてしまうことは、前回の御役目でわかっている。

小魚の大軍が群れを成して大きな魚になるような、量産型らしい戦い方。

芽吹も盾の外で銃剣を振るって星屑たちを倒していく。

（敵が星屑だけなのが幸いね……）

本当に恐ろしいのはバーテックスと呼ばれる者たちだ。星屑とは比較にならないほど巨大で、圧倒的な攻撃力と耐久力を持つ敵。防人よりはるかに強い勇者でも、バーテックスと戦えば命の保証はないという。もしそんな敵との戦闘になれば、防人に勝ち目はない。

だが、十二体いるというバーテックスは、勇者に倒された直後であるため、しばらく出現しないと大赦は予想しているらしい。

負傷者を出しながら、少女たちは目標地点にたどり着いた。しかし、そこも延々と爛れた大地が広がっているだけだった。防人の戦衣《いくさぎぬ》には周囲の映像を記録する機能があり、この光景はすべて大赦に伝えられる。

「……最悪の景色ね」

芽吹は気分が悪くなった。人類を滅亡寸前に追いやった天の神も、芽吹を勇者と認めなかった土地神も、とかく『神』と名のつくものはどいつもこいつもふざけている。

しかし、今は怒りを口にしても仕方がない。任務を達成することが最重要だ。芽吹は防人たちが羅摩《かがみ》を使って土壌を採取している間、星屑たちと戦って部隊を守り続けた。

「撤退開始！」

採取が充分に終わった後、芽吹の号令で防人たちは後退を始める。

「ぜぇー、はぁー、ぜぇー……ふふふ、今回の御役目も、実に簡単でしたわ。あまりにも歯ごたえがなさすぎて、ふぅ、ふぅ、居眠りするところでした……」

「すごく息切れしてるんだけど。しかも傷だらけ」

「うるさいですね、雀さん！　あなたの眉毛を千本くらい抜いて、面白い顔にしてさしあげますわよ！」

「ご、ごめんなさい‼」

「弥勒さんは考えなしに星屑に突っ込むのはやめてください。疲れているなら、盾の中で休んでいて大丈夫ですよ」

芽吹がそう言うと、夕海子はきっぱりと拒否する。

「お断りしますわ。それでは敵を討ち取る功績を立てられませんから」

疲労して傷も負っているのに、彼女の目はやたらと闘志に燃えていた。

「あああぁ‼」

「雀、今度は何？」

「あれ！　なんか……なんかいっぱい集まってるぅぅぅ！」

芽吹が雀の指差す方を見ると、空中で何体もの星屑が融合していく姿が見えた。

神官から聞かされていた現象の一つだ。バーテックスは星屑が集合して形成される。完全なバーテックスが現れることはないだろうが、『成りかけ』程度のものなら出て来る可能性がある、と。

星屑が何十体も融合し、角のようなものを持つ異形の個体が生み出される。大きさも星屑とは比較にならないほど巨大だ。

「何あれ何あれえ！　殺さっ殺されるううう!!　お父さんお母さん先立つ不孝をお許しくださいぃぃ!!」

芽吹にしがみついて泣く雀。

融合で生まれた個体は、撤退中の防人部隊の最後部に迫る。そこには——しずくがいた。


巨大個体の接近に気づいた部隊後部の護盾型防人の一人が、盾を展開する。

「きゃああっ！」

しかし星屑の十倍を優に超える巨体の突撃力に耐えきれず、紙クズのごとく蹴散らされた。

巨大個体の威容と力に、防人たちは一瞬で戦意を喪失した。勝てない。こんな化け物が出て来るなんて思わなかった。腰を抜かす者、失禁する者、泣き出す者……防人たちに絶望が広がっていく。

しずくも目の前に迫る巨体に愕然としていた。

「……死ぬ？」

その言葉が自然としずくの口からこぼれた。


死。

祭壇。棺。献花。花の中に横たわる少女。壊れた体。動かない。冷たい。勇者の御役目で死んだ。名誉なことだという声。座る者のいない机。置かれた花束。もう呼ばれることのない名前。いつも明るかった少女。みんなの中心にいた。憧れだった。

嫌だ。

死ぬなんて嫌だ。死ぬって何？

しずくは目を見開く——


巨大個体の出現によって部隊後部が危機に陥っている時、芽吹たちがいる前方部も星屑たちの襲撃に遭っていた。

「くっ……！　どきなさい！」

星屑たちを倒しながら、芽吹は後方に向かおうとする。しかし敵の数が多すぎて、たどり着けない。

「こんな奴らに手間取ってる暇はないのに！　早く行かないと……！」

だが、焦る芽吹をよそに、巨大個体は座り込んでいる防人の少女に喰いつき、飲み込んだ。

喰われたのはしずくだった。

「しずく――――っ!!」

芽吹の叫び声が響く。

その声と銃声が同時だった。

(――え?)

銃声は巨大個体の内側から発せられ、化け物の体が内部から弾ける。

直後、巨大個体の体が横に裂け、その裂け目から銃剣を持った少女が出てきた。

しずくだった。

彼女が無事だったことに、芽吹は安堵の吐息をつく。

しかし、しずくの様子がおかしい。

「うらああああああ!! このデカブツが、ナマスにしてやるぁぁぁっ!!」

吠えたかと思うと、しずくは巨大個体に飛びかかった。銃口先の剣で巨体を突き刺し、同時に銃弾を発射。さらに突き刺したまま剣を横に薙ぐ。

突き刺し、撃ち、斬り裂く。

しずくは凄まじい勢いでそれを繰り返し、巨大個体を文字通り削っていく。

防人たちを絶望に陥れた化け物は、あっという間に討ち倒され、消滅した。

「ダ……誰デスカ、アレ?」

暴れ回るしずくの姿を見て、雀はガタガタと震えていた。


そして二回目の御役目が終わった。かつて陸地だった地域の観測と、土壌サンプルの採取という目的も問題なく達成された。

「あれは山伏しずくのもう一つの人格です」

帰還した芽吹に、女性神官はそう答えた。

「山伏さんは自我さえ希薄に思えるような静かな性格ですが、その内側に別の性格を宿しています。粗暴で、荒々しく、そして強い。普段の彼女とは正反対です。追い詰められたりした拍子に、それが出てくるようですね」

「しずくの『九』という番号は、もう一つの人格を考慮してのものだったわけですか」

芽吹の問いに、そうですすと神官は頷いた。

「あの状態の山伏さんは、個人として戦闘能力の高さ

は突出していますから」

「ですが、防人に必要な連携行動が、まったくできません」

　今回、防人たちが死者を出さずに御役目を果たせたのは、もう一人の山伏しずくのおかげだ。彼女がいなければ、確実に数人は殺されていただろう。

　しかし彼女は巨大個体を倒した後、まったく芽吹の指示に従わなかった。集団に加わらず、好き勝手に星屑たちとの戦闘を繰り返した。戦うことを楽しんでいるようにさえ見えた。

「あれでは作戦行動に支障が出ます」

「メンバーを従わせるのも、隊長の務めです」

　それだけ言うと、神官は芽吹に背を向けて立ち去った。

「なんだよ、お前、怯えたツラしやがって！」

「ひぃ！　し、シズク様、お許しを～！」

　夕食時、防人たちが集まる食堂で、雀がしずくに絡まれていた。

「様とかつけてんじゃねえ。言いたいことがあるなら、ハッキリ言えよ！」

「わわ私のような雑魚がアナタ様に口をきくなんて……い、一体いつまでその性格のままなのでしょうか？」

「俺が俺で、なんか文句あんのか？」

「ご、ございませぇんっ!!」

　しずくに土下座する雀。

「怯えすぎでしょう、雀……」

　芽吹は二人のやり取りを見ながら呆れてしまう。

　しかし今のしずくを、このまま放置しておくわけにはいかない。

　芽吹はしずくの肩に手を置く。

「ちょっといいかしら」

「ん？　なんだよ」

　しずくは芽吹の方を振り向いた。

「め、メブ～！　助けに来てくれたんだね！」

　素早く芽吹の背中に隠れる雀。

　芽吹はしずくの前に立って問いかける。

「あなたのその状態、いつまで続くの？」

「さあな。久々に出てきたんだし、しばらくはこのまま楽しませてもらうわ」

「……そう」

「お前もその方が都合いいだろ？　あっちのしずくより俺の方が強いんだ。次の御役目とやらでも、存分に暴れてやるからよ」

「そうね、確かにあなたの強さは頼もしい」

「だろ？　ただ、俺に指図はするな。俺は俺のやりたいように――」

「でも今のあなたは私たちの部隊に不要よ」

「……あ？」

　しずくの目が鋭くなる。芽吹はまったく怯むことなく、その視線を受け止めた。

　二人の間に緊張が高まる。食堂にいる他の少女たちも、芽吹としずくを不安そうに見守っていた。

　芽吹は冷たい口調で言葉を続ける。

「防人に必要なのは、連携し、集団で戦う力。あなた一人が勝手な行動を取れば、他のみんなを危険に晒す可能性だってある。指示には従ってもらうわ」

「……俺は自分より弱い奴に従うなんて納得できねえんだが」

「だったら、納得させてあげる」

　二人はタワーから出て、訓練施設の道場に入った。芽吹が勝てば、以降しずくは彼女の指示に従う。しずくが勝てば、彼女は今後誰の指示も受けず、自由に行動する。

　そういう条件で対戦をすることになったのだ。

「大丈夫なの？　あいつ、メッチャ強いんだよ！　いくらメブでも……」

「ええ、今の彼女はわたくしと同じくらい強いですわよ、芽吹さん」

　準備運動をしているしずくの方を見ながら、雀と弥勒が言う。

「いや弥勒さんの方が圧倒的に弱いので」

「芽吹さん!?　わたくしはまだ本気を出していないだけですわ!!」

「というか、なんであなたたち、ここに来てるの？」

　雀、夕海子、亜耶も道場に来ていた。

「みんな、芽吹先輩たちのことを心配して来たんですよ」

「違いますわ、国土さん！　わたくしは単なる興味本位です！」

夕海子が慌てて否定する。

「とにかく芽吹先輩……怪我だけはしないでくださいね」

亜耶は芽吹の目を見て言う。

「心配無用よ。獣に力で上下関係を教え込むだけだから」

芽吹は、余裕の笑みを浮かべるしずくを見据えた。


芽吹としずくはアプリを起動させ、戦衣を身にまとった。今回は芽吹も指揮官ではなく、銃剣型の戦衣を使う。しずくは銃剣型だから、装備の性能で差が出ないようにするためだ。

「お前は指揮官の戦衣でもいいんだぜ。ちょうどいいハンデだ」

「悪いけど、あなたに言い訳のネタをあげるつもりはないわ。戦衣の性能に差があったから負けた、と」

二人は銃剣を構え、対峙する——

まず先手を取ったのは芽吹だ。直突から横薙ぎに刃を振るう。

だが、しずくは余裕でその一撃を避ける。同時に、袈裟斬りに銃剣を振り下ろした。

「ほらよ！」

「くっ……！」

芽吹は銃身でその一撃を受け止める。

(重い……!!　単なる力任せなのに、スピードと重さが凄まじい。関節の動かし方や重心の移動の仕方が天才的に巧いのね……それに彼女の体格からは考えられない膂力《りょりょく》だわ)

動きは素人なのに、天性の才能としか言いようがない。

しかし、芽吹も負けるつもりはない。芽吹は自分が天才ではないことを知っている。その分、誰よりも多くの努力を積んできた。積み上げた研鑽は彼女を強くした。かつて勇者になることは否定されたが、彼女が育て上げてきた強さまで否定されたわけではない。

芽吹としずくの振るう刃が、二度三度と交差する。

雀は芽吹としずくの姿に圧倒されていた。雀は盾を使う防人だが、銃剣を使う防人が模擬戦をする場面は何度も見てきた。しかし芽吹としずくが戦う姿は、完全に別格だ。

「すごい……」

「ええ……そうですわね」

夕海子も二人の姿に見入っていた。普段なら「なかなかですわ。さすがはわたくしのライバル」などと言いそうなところだが、そんな軽口さえ出ないほど、二人の強さに圧倒され魅了されている。

亜耶も戦う二人の少女の姿を、ただ無言で見つめていた。

しずくの振るう横薙ぎの一撃を芽吹が受け止める。

二人の視線が間近で交わった。

「気合い入ってるじゃねえか！　絶対に負けちゃならねえって自分自身に言い聞かせてるみたいだぜ。そこまでして戦う理由は一体なんだよっ！」

「私は――」

芽吹はしずくを真正面から見て、咆哮のような言葉を紡ぐ。

「私は勇者になるんだ！　その資格があると大赦と神樹様に認めさせてやるのよ‼　そのために防人の御役目も、隊長としての仕事も完璧にこなす！　あなたがその障害になるなら、屈服させてでも従わせる！　すべては勇者になるために‼」

「勇者。勇者ねえ！」

しずくが力任せに銃剣を振り払い、芽吹と距離を取る。

「俺は二年前、その勇者って奴らを間近で見てた。その一人が死んだ姿だって見た」

鷲尾須美。乃木園子。三ノ輪銀。

神樹館の三人の勇者。

その中で三ノ輪銀が命を落とした。

「と言っても、俺はあいつらが勇者として戦ってるところは見ちゃいねえ。俺が知ってるのは、普段の学校での姿だけだ」

しずくは、彼女たちが特別な御役目を担う存在であると聞いていた。けれど具体的に何をしているのかまでは知らなかった。

だから――

あまりにも突然三ノ輪銀が死んだ時、しずくは愕然とした。

　芽吹は呼吸を整えながら、しずくの言葉を聞き続ける。

「楠。てめえはこの前、勇者がどんな奴らだったかって聞いたよな？　隣のクラスだった俺でも知ってるくらい、変な奴らだったよ。鷲尾須美って奴がいた。コイツはクソ真面目で不器用だが、友達思いな奴だってのは見ててわかった。乃木園子って奴がいた。マイペースで寝てばかりいるくせに、本気になりゃなんでもできちまう奴だった。本気になるのは、友人に関わることだけだったけどな。三ノ輪銀って奴がいた。落ち着きがねえトラブルメーカーって感じだったが、他人や友人のことをよく気遣ってる奴だった」

　二年前。神樹館に通い、勇者の三人と同学年だった頃——しずくは当時から、人と話すのが苦手だった。友人と呼べる者もおらず、孤立していた。

　そんな時、隣のクラスに『勇者』という特別な人たちがいるという噂を聞き、しずくは彼女たちの姿を見に行った。ドアの陰からこっそり覗くだけのつもりだったが、三ノ輪銀に見つかって話しかけられた。

　彼女は人とうまく話せないしずくを茶化したりせず、友達のように接してくれた。

　しずくは銀に憧れた。『勇者だったから』ではない。気さくで明るくて誰とでも仲良くなれて、友人思いで家族思いな少女。運動ができて、自分の意見をはっきり言えて、格好良かった少女。

「あいつらはな、お前みたいにギラギラしてなかった。普通に暮らしてたんだ。学校に来て、授業受けて、飯を食って、友達と遊んで……。どこにでもいる子供と違わなかった！　勇者になる前だって、お前みたいに勇者になりたいって駄々をこねてたわけじゃなかった」

「だったら何？　普通に生きることが勇者になるための条件だとでも言うの⁉」

　芽吹は問う。勇者という特別な存在になることは、普通の生き方ではできないと思った。だから不要なものをすべて切り捨て、針のように鋭く自らを高めた。そして『普通』のほとんどは切り捨てられた。

「知らねえよ。大赦や神樹が何を基準に勇者を選んでるのかなんて、俺の知ったことじゃねえしな！　けどな、俺にわかるのは、勇者って奴らはカッコよかった。尊かった。ガキ。楠、今のてめえは他人の芝生を見てヨダレ垂らしてるガキ。強いネコが羨ましい、ネコになりたいってわめくネズミ。自由なネズミが羨ましい、ネズミになりたいって愚痴るネコ。そういう奴らと同じなんだよ。そんな格好悪い奴が――」

　しずくが踏み込む。

「勇者になんてなれるわけねえだろ！」

　一瞬で間合いに入り、しずくは芽吹に鋭い刺突を繰り出した。避けられるタイミングではない。

　芽吹は銃身を盾にして、しずくの剣の切っ先を受けた。ほんのわずかでも銃剣を持つ角度や力の入れ方を誤れば、しずくの剣先は芽吹の銃身を滑って、彼女に命中していただろう。鍛え抜いた芽吹の動体視力と反射神経、そして腕の一部のように感じるほど毎日何千回と銃剣を振るってきた経験がなければ、不可能な絶技だ。

　だが、しずくの刺突の威力は凄まじく、芽吹は後ろへ仰け反った。

「取った!!」

　間髪入れず、しずくは二度目の刺突を繰り出す。

「それでも――私は勇者になるのよ!!」

　仰け反った芽吹は後ろに退がるのではなく、床を蹴って前に踏み出した。

　しずくの銃剣の刃が、芽吹の胸部横をわずかに切り裂く。しかし同時に、芽吹はしずくの銃剣を脇に挟み込んだ。

「……捕まえたわよ。これで動きは封じた」

「ちっ!?」

　しずくは咄嗟に銃剣を手放し、芽吹から離れようとする。しかし芽吹がしずくの首筋に、自分の銃剣の切っ先を突きつける方が速かった。

「勝負あり、ね」

「…………」

　しずくは剣先を突きつけられたまま、芽吹を睨み――

　やがてため息と共に両手を上げた。

「……俺の負けだ」

　その言葉を聞き、芽吹も銃剣を下ろす。

「これで私はあなたを手に入れた。今後は私の指示に従ってもらうわよ」

「わかってる、そういう約束だからな。あ～あ、負けちまったか」

しずくは戦衣を消し、床にどっかりと座り込む。

芽吹も同じように、武装を解いて腰を下ろした。

「にしても、無茶苦茶だな、お前は。あの場面で普通、踏み込んでくるか？」

「賭けだったわ。あなたの突きを銃身で受け止められたのも、二度目の突きを捕まえられたのも、奇跡みたいなものよ」

「奇跡なんかじゃねえ。お前が強かっただけだ」

「あなたも予想以上だったわ」

芽吹としずくは、顔を見合わせた。二人とも満足げな笑みを浮かべていた。

「……勇者になりたいって駄々をこねてる……か。あなたの言う通りかもしれないわね」

「あん？　どーしたんだよ、悟りでも開いたか」

「私はそんな出来た人間じゃないわ。確かにあなたの言葉には割りとドキッとさせられたけど……でも、私は私の生き方を変えるつもりはない。がむしゃらに勇者を目指して悪いとも思わない」

なぜなら、それは尊敬する父の生き方でもあるから。

芽吹は自分の生き方を、絶対に誰にも否定させない。

そのために、自らの力で勇者という地位を勝ち取らなければならない。

「私は勇者を目指し続ける。大赦が私を勇者にせざるを得ない実績を作る。不可能だと言われようが、他人からどう思われようが、成し遂げてみせるわ」

「……なんとかの一念って奴か。本当に面白いな、お前」

しずくは呆れたように、けれどどこか楽しそうに言う。

「私もそう思いますよ。芽吹先輩が自分を否定する必要なんてない。目標のために一生懸命なこと――それは先輩の美徳ですから」

亜耶が芽吹のそばに来て語りかける。彼女の口調にはからかいや皮肉は微塵もない。

「亜耶ちゃん……」

「芽吹先輩のそういうところ、私はとても好きですよ」

「……ありがと」

芽吹は目をそらす。なんだか無性に気恥ずかしかった。

「なんだよ、お前。俺が今、楠と話してんだ。邪魔すんじゃねえ」

横から割り込んできた亜耶に、しずくは威圧的な視線を向ける。

だが、幼い見た目の少女は怖気づいた様子もなく、

「お二人の姿を見ていたら、私も加わりたくなったんです」

「……肝が座ってんな。お前、巫女だろ？　自分よりずっと強い奴に脅されて、怖くねえのかよ」

「怖くなんてありませんよ。口調は乱暴でも、あなたはきっと善《よ》い人ですから」

「は？」

しずくは怪訝そうな顔をする。

「勇者様ではなくても、防人になれたということは、神樹様に選ばれたということです。静かで穏やかなしずく先輩と、強くて頼りになるあなた。どちらか一人でも悪人なら、神樹様がお選びになるはずがありません。だから、あなたもきっと善い人なんです。それに前回、防人の皆さんが誰も死なずに帰れたのは、紛れもなくあなたのおかげでした。本当にありがとうございます」

亜耶は深く頭を下げる。

しずくはキョトンとして――やがて口の端に笑みを浮かべた。

「……へっ、お人好しめ。あの雀って奴なんかは、俺にビクビク震えてたのに」

「あれ？　そういえば雀と弥勒さんは？」

芽吹は周囲を見回す。いつの間にか雀と夕海子の姿が、道場の中にない。

「ああ、お二人は帰られました。雀先輩はお二人の強さに驚いたのか、『巻き添えを食う前に帰る』と。弥勒先輩は何も言いませんでしたけど、なんだか少し悔しそうでした」

「そう……」

「何はともあれ、これでお二人はもう友達ですね。仲良しです」

亜耶は芽吹としずくの手を取って言う。

「……ふん」

しずくはどこか照れくさそうにそっぽを向いた。

そんなしずくと亜耶の様子を見て、芽吹は思わず笑ってしまう。彼女の心は晴れやかだった。こんな気持ちになったのは、一体いつ以来だろう。しずくと戦って力を出し切った達成感のためか、それとも自分の想いを力いっぱい口に出した満足感のせいか。

今日は久しぶりによく眠れそうだ——そう思った。

楠芽吹は勇者である

Kusunoki
Mebuki
wa YUSHA
de aru

楠芽吹は勇者である

Kusunoki
Mebuki
wa YUSHA
de aru

第三話　疾風に勁草を知る

その夜、加賀城雀《かがじょうすずめ》は、楠芽吹《くすのきめぶき》の部屋で彼女にしがみついて叫んでいた。

「ありがとう、メブ～～！　おかげで生きていけるよ、私～～！　メブはやっぱり勇者だよ～～！」

「まったく、調子のいいこと言って」

呆れたような口調ながらも、芽吹の表情は少しやわらかい。

防人の中で最優秀の芽吹と最下位の雀。強気な芽吹とネガティブな雀。まったく似ても似つかない。

彼女たちの関係は、他人からは理解しにくいところがある。奇妙な二人の結びつきの原因は、加賀城雀という少女の性質によるところが大きい。

◆　◆

幼い頃、加賀城雀はブランコに乗ることができなかった。

公園で同年代の子供たちが楽しげにブランコに乗る姿を見ながら、雀はいつも思っていた。

――どうして、あんな怖いことができるんだろう？

ブランコに乗っている途中で、何かの拍子で落ちてしまったら？　手で握る部分の金具が切れてしまったら？　座っている板が外れてしまったら？

そんなことを想像すると、怖くてとても乗れない。

雀はいつも最悪のパターンを想像してしまう。高いビルに登れば、何かの間違いでそのビルから落ちて死ぬところを想像する。遊園地で絶叫アトラクションに乗れば、アトラクションが故障して事故死するところを想像する。軽い風邪をひけば、この風邪が悪化して死ぬのではないかと想像する。病院に行けば、医療ミスで死ぬのではないかと想像する。

そして雀は、痛いのも苦しいのも死ぬのも、本当に嫌だ。注射の針が刺さるだけでも、痛さで泣きそうになる。風邪をひいてつらい時は、なぜ自分がこんなにも苦しい目に遭わなければならないのかと世界を恨んだ。そしてしばしば自分が死ぬのを想像し、怖くて泣き出した。

どうして自分はこんなにも臆病なのだろう。

雀は臆病者だったが、臆病な自分が好きではなかった。

雀は他人に対しても臆病だった。怖そうな人を見れば、イジメられるのではないかといつも怯えた。
だから彼女は、幼稚園や学校ではヒエラルキーが高そうな人を見つけ出し、その人に守ってもらうために取り入った。ダサい。格好悪い。媚びへつらっている。そういう陰口を叩かれていたことは知っていたが、構うものか。これは処世術だ。イジメられたり、殴られたりするよりもマシだ。
自分が格好悪いことはわかっている。そして格好悪い自分が、好きではなかった。

そんなふうにして幼稚園と小学校を過ごし、中学校になって雀がその同好会に入ったのは、やはり自分を守ってくれる人間を作るためだった。その同好会の部長は三年生で一番の美人で、成績優秀で家柄も良く、学校の女子生徒ヒエラルキーのトップにいた。彼女から同好会に勧誘された時、雀は最高の後ろ盾を手に入れられると思い、二つ返事で入部した。

同好会の部員は4人ほど。特に決まった活動もなく、放課後にダラダラと駄弁るだけ。雀にとっては、自分を脅かす危険や怖い人も一切ない、揺り籠のように幸せな空間だった。ただ、なぜ部長がこんな存在意義さえ不明な同好会を作ったのか、それだけが不思議だった。


そして中学二年の夏が近づいてきた頃——部長が言った。

「同好会は、今日で解散にしましょう」

あまりにも唐突な話だった。雀は動揺する。必死に解散を止めようとした。同好会が解散になったら、雀は後ろ盾を失ってしまう。

解散したくないとわめく雀に、部長は少しだけ寂しげに言った。

「もうこの同好会は、意味がないのよ」

それでも雀は、絶対に解散させないでほしいと騒ぎ続ける。あまりにしつこく食い下がるため、部長は仕方なくといった様子で雀だけに教えてくれた。

この部がなんのために存在するのか、を。

四国を侵攻するバーテックスという存在と戦う人を

集めるために、この同好会は作られた。四国の各地に同じようなグループがいくつも作られている。バーテックスが攻め込んできた際、そのグループのいずれかが神樹に選ばれ、メンバーは『勇者』として覚醒するのだという。にわかには信じ難い話だが、常に最悪の展開を想像して怯える雀は、事実だと信じた。疑問に思っていた同好会の存在意義も、それで理解できた。

既にバーテックスの侵攻は起こっており、雀たちのグループは神樹に選ばれなかった。すなわち、このグループは用済みとなったのだ。

雀はゾッとした。もし勇者に選ばれていたら、危険な任務を負わされていたかもしれない。そのせいで死ぬことになったかもしれない。

雀は部長を恨んだ。何も知らせず、勝手に危険の中に私たちを放り込もうとしていたんだ、と。

けれど——そんな考えはお門違いだとすぐに気づいた。雀の方から、下心だらけでこの同好会に入ったのだから。

ずっと守ってくれていた部長を、わずかでも恨んでしまった。雀は自分を恥じた。

自分は臆病だから、こんなことを思ってしまうんだ——どうして自分はこんなにも臆病なのだろう。

それから数ヶ月後。

自他共に認める臆病者である雀は、何の因果か防人という危険な御役目についている。

雀に与えられた防人の番号は『三十二』。すなわち彼女は、全防人の中で最弱と大赦から認定されていた。

雀自身もその評価は正しいと思っている。

大赦は初回の任務で脱落する可能性が高いと考えていたが、その予想を覆して、彼女は今五回目の結界外調査に参加している。

「ぎゃあああああああ!!　何アレ無理無理絶対死ぬ殺されるううう！」

雀の泣き叫ぶ声が灼熱の世界に響く。彼女が星屑たちの襲撃に泣き叫ぶ姿は毎回のことだが、今回の相手は星屑ではない。

星屑が無数に集まり、異形の巨体が形成されていく。その姿に芽吹は見覚えがあった。

「サジタリウス・バーテックス……！」

　大赦神官から教えられていた人類の敵。勇者たちが戦う相手。正座の名を冠する十二体の天の使い。あれはその中の一体――射手座《サジタリウス》のバーテックスだ。

　バーテックスが出現することはない、と神官たちは言っていた。だが、成体のバーテックスではなく、成りかけ程度のものならば出現する可能性があると言う。外見はまったく同じだが、成りかけのバーテックスは内部に『御霊』と呼ばれる核を持たない。御霊を持つ完成体のバーテックスよりも脆弱だが、成りかけでも防人たちが敵う相手ではない。

　芽吹は迷わず、全防人たちに指示を出した。

「サンプルの採取を中止!!　すぐに撤退を！」

　土壌の採取を行っていた防人たちは、作業をやめて動き始める。

　だが、退路の方向に星屑たちが集まってきた。

「銃剣隊、射撃用意!!　撃って!!」

　銃剣を持つ防人たちが、星屑群に向けて一斉射を行う。星屑たちは次々に撃ち倒されていく。

「この程度の雑魚、いくら数が多くても、この弥勒夕《ゆ》海子《みこ》の敵ではありませんわ。芽吹さん、強行突破と行きましょう！」

　星屑たちを撃ちつつ、夕海子は強気に言う。

　だが、雀が泣き叫んだ。

「待って待って！　強行突破は無理無理無理無理！　星屑の数が多過ぎる、絶対死ぬ！」

「だったらどうしますの！　数が多いだけの星屑たちよりも、後ろのサジタリウスモドキの方が危険ですわ！」

　後方には刻一刻とサジタリウス・バーテックス・モドキが形成されていく。サジタリウスの攻撃方法は二種類。小さな矢を雨のように無数に降らせる攻撃と、巨大な一本の矢を射出する攻撃。どちらも防人たちにとっては、致命的な攻撃だ。

　そして防人たちは今、無数の星屑たちに囲まれている。

「前は星屑、後ろはサジタリウス！　あああ、もう嫌だ死ぬ絶対に死ぬ！　動いたら死ぬ、ここに留まるううう！」

　雀が泣きながら座り込む。

「それじゃ無駄死にするだけですわ！　さっさと行きますわよ、立ちなさい！」

　夕海子は座り込んでしまった雀を引きずって行こうとする。

　しかし、芽吹がそれを止めた。

「いえ、待ってください、弥勒さん。完全に星屑に囲まれている今、撤退は間に合いません。雀の言う通り、ここに留まりましょう」

「えええええ!?　芽吹さんまで何を言ってやがりますの!?　それじゃ殺される――」

「護盾《ごじゅん》隊は盾を展開！　サジタリウス・バーテックスの矢の一斉射に備えて!!」

　芽吹が指示を出すと、防人たちが盾を巨大化させて組み合わせていく。

「わあああ怖い怖い怖い！」

　座り込んでいた雀も立ち上がり、他の防人たちの盾に自分の盾を組み合わせた。防人部隊全体を覆う盾の壁が形成される。

　直後、完成したサジタリウス・バーテックス・モドキから、無数の矢が降り注いだ。

　矢は機関銃のような数と速度で撃ち込まれる。護盾型防人たちは、歯を食いしばって盾を構え、矢の衝撃に耐えた。

　無数の矢が盾にぶつかる凄まじい音が、盾の壁の内側にも響く。その音は防人たちの恐怖を掻き立てた。もし盾の守りが破られてしまったら、部隊は全滅する。

　やがて、矢の音が止んだ。敵の攻撃が止まったのだ。

　安堵の息を吐く少女たち。

「ぎゃあああ！　嫌だ嫌だ死にたくない――！」

　突然、雀は組み合わせていた自分の盾を外して、盾の壁の外へ飛び出していった。

「雀さん!?　何やってますの――!?」

　夕海子が叫ぶ。恐怖で雀が発狂したのかと、防人たちは思った。

　だが、違う。

　雀は盾の壁の外で、自分の盾を構え直した。

　次の瞬間サジタリウスは、今までの数十倍も巨大な矢を防人たちへ向けて放った。

「わああああ！　こんなのまともに受けたら死ぬに決まってるううう!!」

　雀の絶叫と同時に、盾に矢が激突した。防人の盾では、その巨大な矢は防げない。だが、雀は正面から受けるのではなく、盾を微妙に斜めにすることで矢の力を受け流した。

　小さな矢と違い、大きな矢は連射されず、タイムラグがある。

「護盾隊は盾を解除！　全力で逃げて!!」

　芽吹の指示で、護盾型防人たちは盾を元の大きさに戻し、盾の壁を解除する。

　防人たちを取り囲んでいた星屑たちは、いつの間にか数が激減していた。今ならば、強行突破できる。

　少女たちは、壁の方へ向かって走り始めた。

「なぜ星屑の数が減ってるんですの!?」

　走りながら言う夕海子に、芽吹が答える。

「サジタリウスの矢が、星屑たちを巻き込んで射殺したんです！　もともと星屑たちは、自分たちごと殺されるつもりで、私たちを囲んでたんですよ！」

　直後、サジタリウスから二射目の大きな矢が放たれた。

「ぎゃあああああ！　助けて〜〜〜！」

　叫びながらも、再び雀は盾を使ってサジタリウスの矢を逸らす。方向を変えられた矢は、星屑の群れの中へ飛んでいき、敵たちを貫き殺した。

（留まって防御に徹し、サジタリウスの矢の同士討ちで星屑たちを減らし、退路を開く……雀がここまで計算していたかはわからない。けど、たとえ本能的にでも、雀は最良の方法を選び出した）

　加賀城雀の生き残る道を見つける嗅覚の鋭さを、芽吹は信用している。だからこそ、今回も雀の案を採用したのだ。


　防人たちは、またも命からがら四国へ帰還した。今回の任務でも、負傷者は数名出たものの、死者はゼロ。

　その夜、ゴールドタワーの食堂で夕飯を食べている途中、亜耶は真剣な顔で言った。

「芽吹先輩。防人の被害がこんなに少ないのは、本当にすごいことですよ」

　今日も食事中は、芽吹、夕海子、雀、しずく、亜耶で集まっている。

「ありがとう、亜耶ちゃん。でも、今回はあんまり士壊のサンプルは持って帰れなかった」

「分析のために必要な量は持って帰ってますよ。それに採取の成果よりも、誰も死なずに帰って来られることの方がずっと重要です」

亜耶は「素晴らしいことです」と目を輝かせて言う。

しずくがクイクイと芽吹の服の裾を引っ張った。

「どうしたの？」

「……」

しずくは無言で頭を下げた。

「何よ、急に謝って」

「……替われなかった。ごめん……」

今のしずくは、二回目の御役目の最中に現れた凶暴な人格の『シズク』ではなく、普段の無口無表情な『しずく』だ。戦う力はシズクの方が高いが、人格は自由に入れ替えられるわけではない。

「そんなこと気にする必要ないわ。人員に合わせて最良の戦術を考えるのが指揮官の役目だから。今のしずくならしずくに合わせて、もう一人のシズクだったらそれに合わせた戦術を考えるだけよ」

だが、しずくは首を横に振る。

「……楠に迷惑。かけた……」

亜耶はしずくの手をそっと握る。

「気にしてるんですね……。でも今のしずく先輩だって、とっても偉いんですよ。一番たくさんサンプルを採取していましたから」

「…………」

しずくは亜耶の言葉を聞いて、ペコリと頭を下げた。しずくなりの感謝の示し方だ。

その様子を見て、芽吹も頷く。

「今回に関して言えば、今のしずくで良かったと思うわ。もう一人のシズクだったら、サジタリウスに突っ込んでいって、被害が大きくなっていたかもしれないから」

シズクは芽吹の指示に従うと約束したが、やはり制御しにくい少女であることには違いない。

「はぁ～……でもさ、メブが早く撤退命令を出してくれて助かったよ。あのまま戦ってから、ぜ～ったい死んでた」

いつものようにミカンを食べながら、雀はため息をついた。

「まぁ、芽吹さんが撤退命令を出さなかったら、わたくしがあのサジタリウスとやらを討ち取り、弥勒家の功績にしていましたわ」

「無理でしょ」と雀。

「無理ですね」と芽吹
「……」と無言で首を横に振るしずく。

「皆さん、侮《あなど》りすぎですっ!!　わたくしが本気を出せば、あんな針千本お化けなんか！」

「勝負は時の運、弥勒先輩が勝っていたかもしれませんよ。でも、今は私たちが無事であることを神樹様に感謝しましょう。きっと神樹様のご加護のおかげです」

　亜耶は食堂の神棚の方を見て、頭を下げる。


「事実、あなたは非常によくやっています」

　食事の後、芽吹は定期報告のために女性神官の部屋を訪れていた。神官はノートパソコンで今回の任務の報告をまとめながら、淡々と話す。

「これまで死者はゼロ、二回目以降の御役目では重傷者も出ていません。もっと交替要員が必要になると思っていました」

「そうでしょうね。この防人という制度は、もともと次々にメンバーを交替していくことを前提に作られていたんでしょう？」

　一回目の御役目の後、すぐに人員が補充されたことを考えれば、容易に想像がつく。今後脱落者が出た場合、交替で防人になる候補も既に決まっているのだろう。

「ええ、そうです」

　芽吹の問いに、女性神官は躊躇もなく肯定した。

「しかし我々大赦にとっても、交替は少ない方が望ましい。新人の防人は、充分な鍛錬ができていないために、任務をこなせない可能性がありますからね。あなたが死者を出さずに御役目を果たしていることは、評価に値します」

　女性神官は、あくまで任務の達成率しか気にしていない。交替が起こる場合、そこに人間の犠牲があることを彼女は問題にしていない。

「私の部隊で、絶対に死者は出しません。これは私が私に課した誓約です」

芽吹は女性神官を見据えて言った。

　死者がゼロというこの状況を、信心深い亜耶は『神樹の加護』と言うが、芽吹はそう思っていない。これは芽吹自身の執念の結果だ。

「隊長としての誓約ですか」

「人間としての誓約ですよ。西暦の時代も、二年前も、バーテックスとの戦いで勇者には犠牲者が出たんでしょう？　天の神の使い？　人類の天敵？　そんなこと、知ったことか！　あんな化け物に人間が殺される時代は、もう終わらせないといけないのよ！」

　人が神の犠牲になるのは、もう終わりだ。終わらせてやるんだ。

　だから芽吹は誓う――自分の部隊で、絶対に死者など出さない、と。

　女性神官は芽吹の言葉を聞いているのかいないのか、パソコンのキーボードを叩きながら淡々と言う。

「報告が終わったのなら、もう退出していいですよ」

　女性神官の部屋から出て自室に向かっていると、防人の少女二人と出会った。よく一緒に行動していることが多い、仲良し二人組だ。

「あ、楠さん。トレーニングの帰り？」

「いえ、神官に今日の報告をしてきたところ。トレーニングはこれからやるわ」

「うわ、今から？　楠さんの鍛錬厨っぷりは頭が下がるにゃー。さすが隊長だ」

「タンレンチュウ……？」

　芽吹は怪訝そうな顔をするが、二人は気にせずに話を進める。

「ねえねえ、楠さんって、先代勇者様の端末を受け継ぐ候補の一人だったんだよね？」

「ええ、そうだけど」

「私たち二人とも、勇者グループの方のいわゆる『ハズレ組』でさ。本物の勇者様に会ったことないんだよね。端末を受け継ぐ候補にいた人たちは、一人は勇者様になれたわけじゃない。えっと……三好《みよし》夏凜《かりん》さんだっけ」

「……」

　三好夏凜。その名前を聞く度に、芽吹の心はざわつく。

　一緒に暮らしている時間が長くなり、防人たちが仲良くなってくると、お互いの個人的なことも知るようになってくる。芽吹は特に隊長という目立つ立場であるため、勇者・三好夏凜と知り合いだったと知られるようになり、しばしば夏凜のことを尋ねられた。しずくも先代勇者と顔見知りなのだが、芽吹たち以外と交流がないため、そのことを知られていない。だから防人たちの勇者への興味は、芽吹だけに集中していた。

「勇者様ってどんな人だったの？　やっぱり神樹様に選ばれた特別な戦士だから、人間離れして強い人かなぁ。刃物が通らないくらい硬い体だったり、生身で岩を砕いたり、音より速く走ったり！」

「いやいや、強さとか俗っぽいもんじゃないね。眩しいばかりに溢れ出る神々しさとカリスマオーラの持ち主に決まってるにゃー。全身が光ってるか、後光が差してるよ、きっと」

　なんだその人外は、と芽吹は絶句する。しかし考えてみれば、勇者という存在は、見たことがない者にとっては神格化されていても仕方がない。

「三好夏凜は、別に私たちと変わらなかったわよ。確かに強かったけど、あくまで鍛えてる人間程度だったし。全身が光ったり後光が差したりすることもないし、カリスマとかも別になかったわ」

「ええー……そうなの？」

　がっかりした顔をする二人。

「そうよ。勇者だって、私たち普通の人間と変わらない」

　だからこそ、芽吹は怒りを覚えてしまう。

　三好夏凜に特別なところなんてなかった。戦闘訓練の成績は優秀だったが、それも芽吹と同程度だった。だったら、なぜ勇者に選ばれたのは芽吹ではなく夏凜だったのか。選別の基準はなんだったのか、芽吹にはわからない。

　翌日の昼休み、いつものように芽吹たちのグループが食事をしていると、また昨日とは違う防人の少女に夏凜のことを尋ねられた。

「楠さん、勇者様が普通の人だったって、本当なの？　戦いの天才だったり、超能力を使えたりとかしないの？」

「本当に普通の人よ。戦闘は確かに強かったけど、私と同じくらいだった」

「う〜ん……そっかぁ」

納得していない顔をして、その少女は立ち去った。

さらに翌日、また別の少女から訓練時間の合間に尋ねられた。

「ねえ、楠さん。勇者の三好様ってどんな人だったの」

「超人でもないし、超能力者でもないし、普通の人だったわ。ちょっとサプリメントと煮干しを好き過ぎるだけの普通の人」

夕飯の後に話しかけられ、

「勇者様って――」

「普通の人だったわ」

そんなふうに、しょっちゅう芽吹は夏凜のことを尋ねられた。

休み時間、夏凜のことを聞きに来た少女に、今回も「普通の人だった」とお決まりの言葉を返し、芽吹はため息をついた。

「メブ、人気者じゃん」

雀はからかうように言う。

「たまったものじゃないわよ。毎回同じ答えを返すのが苦痛だわ」

亜耶も苦笑気味の表情を浮かべる。

「勇者様を直に見たことがある人は少ないですから。かくいう私も、実際にお目にしたことはありませんから、興味あります」

「亜耶ちゃんまで!?」

「あはは、大丈夫ですよ、芽吹先輩。わざわざ聞いたりしませんから」

「代わりに、弥勒家の華麗なる歴史をお聞かせしましょうか」

身を乗り出すようにして夕海子が言う。その手には『弥勒家三百年史』という本――恐らく自費出版だろう――があった。

しずくが夕海子の服の裾を握り、

「…………」

フルフルと首を横に振った。

「無言で拒否しないでくださいませんことっ！」

「弥勒家の歴史はともかく、三好夏凜についてはもう答えるのも面倒だから、食堂の壁に張り紙でもしておこうかしら。三好さんは戦闘が少し強くて、勉強は一夜漬けタイプで、サプリと煮干しマニアの普通の人ですって」

「確かにあの人、強そうだったけど、『特別』って感じはしなかったなー。勇者様ですってあらかじめ教えられてなかったら、絶対信じられなかった」

　雀は少し懐かしむように言う。

「……？　雀、三好さんのこと知ってるの？」

「ふっふっふ。みんなメブにばっかり聞いてくるけど、実は私……三好さんだけじゃなくて、現役の勇者様全員に会ったことがあるんだぜい」

　ちょっと得意げに、雀は話し始めた。


――神世紀三〇〇年六月。

　天気予報で梅雨入りが告げられ、雨の日が増えていたが、その日は数日ぶりに晴れていた。

　加賀城雀は電車の静かな震動に揺られていた。窓の外には、田園と平屋の家ばかりの風景が流れていく。

　彼女は午後の授業をサボって、愛媛から香川の讃州《さんしゅう》市に向かっているところだった。部長から同好会解散を告げられ、勇者という存在について話を聞いた。自分が危険な御役目に選ばれなかったことは心底安堵していたが、じゃあどんな人たちが勇者になったのかと興味が湧いたのだ。

（勇者様ってきっとアマゾネスみたいな戦闘民族か、漫画のキャラみたいな超能力の持ち主に違いない……真正面から会いに行ったら、取って食われる。初代勇者様は星屑を踊り食いして、先代勇者様はバーテックスは飲み物だと豪語したって、部長が言ってたし……）

　絶対に見つからないようこっそり覗き見するだけにしよう、と思った。

　駅で電車を降り、讃州中学校へたどり着いた。この学校に、選ばれた五人の勇者がいると部長から聞いている。

　ちょうど放課後になったところなのか、生徒たちが次々に校門から出てきた。勇者を探りに来たと感づかれてはいけない。捕まえられて勇者のところへ差し出されるかもしれないからだ。「勇者様、今日の食事はこの貧相な女です」と。雀は恐る恐る、校門から出てきた女子生徒の一人に尋ねてみた。

「あ、あああ、あの……犬吠埼風《いぬぼうざきふう》様がどこにいらっしゃるか、ご存知でしょうか……？　そそそ、それか、東郷《とうごう》美森《みもり》様、結城《ゆうき》友奈《ゆうな》様、犬吠埼樹《いぬぼうざきいつき》様、三好夏凜様でも……」

雀はマナーモードのスマホのように震えまくっていた。

「ああ、もしかして勇者部の人たちのこと？」

「……へ？」

雀は拍子抜けする。女子生徒の軽い口調に、勇者への畏怖がまったく感じられなかったからだ。まるで普通の友人のことを語るようだった。

「うーん、あの人たち、いつもいろんなところを動き回ってるから、どこにいるかはわからないわね。とりあえず、部室に行ってみたら？」

女子生徒は勇者たちのアジトの場所を教えて、笑顔で去っていった。

（いや待て、あれは罠だ！）

女子生徒の軽い態度に緊張感が消えそうになった雀だが、すぐに気を引き締め直した。きっと油断させて不用意にアジトへ来た侵入者を、捕らえて食ってしまう作戦だろう。

（食虫植物、あるいは蟻地獄のように巧妙な罠！　気を抜いちゃダメだっ！）

教えられた『勇者部部室』の前に来て、雀は細心の注意を払いながら、ドアの隙間から中を覗き込んでみた。

部室の内部は縦に長い構造になっていて、棚に遮られて奥が見えない。奥から複数人で話している声が聞こえる。

「さーて、今日も依頼が盛り沢山よ。女子力をいかんなく発揮して、解決していきましょう！」

「はーい！」

「はい」

「うん！」

「まぁどうせ、あんたたちを監視してなきゃいけないし、ついでに手伝ってあげるわ」

「そんなこと言ってぇ～ん、だいぶ夏凜も馴染んできたじゃなぁ～い」

「うっさい！　絡むな、暑苦しい！」

「さーて、まず依頼の第一は、園芸部の花壇整備の手伝い！　これは友奈と樹に行ってもらうわ」

「任せてください！」

「了解、お姉ちゃん」

「次、図書委員会からの依頼。図書室の本の貸し出し記録をパソコンのデータにまとめたいから、手伝ってほしいって。これは東郷に任せる」

「書物の知識はお国の礎《いしずえ》。誠心誠意、尽力させていただきます」

「最後、一般生徒から。登校中に拾った猫を学校に連れてきたら、逃げ出して行方不明に……これはひとまず探し出して、その後里親を探すかどうするか考えましょう。猫探しはアタシと夏凜でやるわ」

「げ、あんたと？」

「部長として、新人に活動のやり方を教えてあげないといけないからね～」

「ふん……しゃーないわね」

　その後、少女たちは雑談しながら出入り口の方へ向かってきた。

（あれが勇者様……確かに見た目は普通の人間と変わんない。いや、これも擬態かもしれない！　とにかく今は隠れないと！）

　雀はドアから離れ、廊下の曲がり角の陰に身を隠した。


　その後、雀はそれぞれの勇者たちの後を追ってみた。まず、勇者のうち二人は中庭へ向かった。花壇の前にやってきて、そこにいる園芸部員らしき女子生徒たちに話しかける。

「勇者部の結城友奈です！　今日はよろしくお願いします！」

「あの、犬吠埼樹です……よろしくお願いします」

　勇者二人が、園芸部員たちにペコリと頭を下げる。

　雀は樹木の陰に隠れ、双眼鏡で様子を観察していた。

（一体何してるんだろ……はっ、もしやあの園芸部員たちは勇者様の下僕で、勇者様たちのために食糧を作らされているんじゃ……!? 過酷な労働環境で、倒れるまで働かされて……!!)

雀はそう思ったが、園芸部員たちは朗らかに勇者たちに対応していた。

「手伝いを引き受けてくれてありがとう。それじゃ早速、草むしりからお願いできるかな」

園芸部員の少女が言うと、勇者二人は頷いて、花壇の草むしりを始める。

(な、何ぃぃぃぃぃ!? なんか、むしろ勇者様の方が働かされてない?)

驚愕する雀。

この学校では、園芸部員は勇者よりも立場が上だというのか。この学校のヒエラルキーはどうなっているのか。


次に雀は図書室へやってきた。ドアの隙間から中をこっそり覗き込む。

ここにいるのは車椅子の勇者だ。足が不自由なのだろう。もしかしたら、バーテックスとの激戦で負った傷なのかもしれない。彼女は傷痍《しょうい》勇者なのだ。

凄まじい速度でパソコンのキーボードを叩く勇者の前に、図書委員と思われる少女たちが貸し出しカードの束を持ってくる。

「東郷さん、次はこれをお願いね。学年と男女ごとに分けておいたから」

「お任せください!」

勇者はビシっと敬礼する。

その様子を見ながら、雀の頭が疑問符で埋まる。

(この学校では、図書委員も勇者様より立場が上なの!?)


雀は残る二人の勇者――犬吠埼風と三好夏凜の姿を探す。この二人は校内を移動し続けていたため、見つけるのに苦労した。

他生徒の目を気にしつつ雀は校舎の中を動き回り、やっと二人の姿を見つける。

勇者たちは女子生徒と話していた。

「学校の中で子猫を見なかった?」

勇者・犬吠埼風の問いかけに、女子生徒は友人に接

するように答える。

「猫？　うーん、見てないなぁ」

「そっかぁ、ありがと。もし見かけたら教えて」

　それに対し、勇者も無礼だと怒ったりすることはない。

　ここまでくれば、さすがに雀も理解できた。

（勇者様って……普通の人なんだ……）

　見た目も普通の女子生徒と変わらないし、超人的な力を持っているわけでもなさそうだ。そして他の生徒たちとも対等に接している。

　彼女たちがやっている『勇者部』というのは、便利屋かボランティアサークルのようなものだろう。

　犬吠埼風と三好夏凜は、話しながら廊下を歩いていく。

「朝に逃げた猫を、今さら人力で探すってのが無理あんのよ。第一、もう学校の外に出て行ってるかもしれないし」

「う～ん。そうよねえ。でも町中に捜査範囲を広げるとなると、人手がかなり必要になるわね……夏凜、なんかアイデアない？」

「猫を引き寄せるサプリがあれば――っと、その前に」

　夏凜はポケットからボールペンを取り出し、突然振り返って投擲《とうてき》する。

　ガツッ!!

　ボールペンは雀が隠れている曲がり角の壁に突き刺さった。

「ヒィッ！！！？」

　雀は思わず声をあげ、尻餅をついた。

　夏凜は雀の前にやってきて、彼女を見下ろしながら言う。

「あんた、部室にいた時も私たちを見張ってたわよね？　何が目的？」

（き、ききき、気づかれてた……っ!?）

　夏凜の威圧的な視線と口調に怯えきり、雀は失禁しそうになった。今すぐ泣きながら逃げ出したいが、恐怖で足が震えて動くこともできない。

　しかしその時、雀を見下ろす夏凜の後頭部に、風が軽くチョップを入れた。

「痛っ！」

「こーら、人を脅さない。それとボールペンを壁に刺すな」

雀は夏凜と風に捕まり、部室に連れられていった。

黒服の男に連れて行かれる宇宙人の気分だった。

ちょうど結城友奈と犬吠埼樹と東郷美森も活動が終わったのか、部室に戻ってきた。

雀は勇者たちの前に正座している。誰かに命じられたわけではなく、自分からそうしていた。抵抗の意志がないことと、勇者たちへの服従を示すためだ。

「あれ、この子は？　新入部員さん？　あ、もしかして夏凜ちゃんの妹だ！」

「どうしてよ、全然似てないわよ！」

友奈のピント外れの言葉に、夏凜が突っ込む。

「他校から来た方ですか？」

制服の違いに気づいたらしく、美森が尋ねてきた。

「は、はい……わ、私、加賀城雀と言います。愛媛の中学校から……『勇者部』の噂を聞いて、訪ねて来ました」

「愛媛！　我が勇者部の名前は、ついに他県まで広まったか！　東郷の濃いホームページのおかげで、ネット上では一部有名だったけど、それは層が特殊だったし……。同年代の女の子が興味を持って来てくれるって、クク、アタシの中の女子力が、どんどん訳のわからないものになっていく……」

「お姉ちゃんの女子力が疼《うず》く……！」

テンションが上がる風に、樹が苦笑気味の顔をする。

「雀ちゃん、私たちは人のためになることを勇んでやる部、つまり勇者部だよ！　いろんな人の依頼を聞いたり、お手伝いをしたりするの！」

「友奈、勇者部の名前を聞いてわざわざ他県から来るくらいだから、活動内容くらい知ってるでしょ」

「あ、そういえばそうだね！　夏凜ちゃん、さすが！」

友奈は感心したように言う。

実際は勇者部の活動内容を雀は知らなかったが、友奈が言ってくれたおかげで理解できた。雀が推測したものと大きく外れていない。

「ところで加賀城さん、わざわざ他県から訪ねてきたということは、何か依頼したいことがあるんですか？」

美森の質問に、雀は言葉に詰まらせる。依頼なんてない。しかし正直にそう言えば、「じゃあなんのため

に来たのか」と総ツッコミを受けるだろう。それは危険だ。

「……えっと……………そ、そう、依頼があるんです！」

雀は咄嗟《とっさ》に思いついたことを口にした。

「わ、私、昔からすっごい臆病者で！　だから、もっと……もう少しだけでいいから、勇気を持てるようになりたいんです」

咄嗟に思いついた言葉だったが――否、咄嗟に思いついた言葉だったからこそ、それは雀の心にある偽りない願いだった。

「勇気を持ちたい。これって勇者部に相応しい依頼じゃないですか、風先輩！　ぜひ力になってあげたいです！」

友奈は意気込んで言う。

「よし、わかった！」

風は黒板にチョークで書く。

『本日の依頼、第二弾。加賀城さんが勇気を持てるようにする』

「友奈、東郷、樹の依頼は意外に早く終わったし、私と夏凜の猫探しは依頼者と相談して明日から町中を探すことになったから、今日はまだ時間が残ってるしね。でも、そういう精神的な部分ってどうすればいいのかしら」

「こういう分野は心理学でしょうか……調べてみます」

美森はパソコンに向かい、インターネットの心理学やカウンセリングのサイトを調べ始める。

「臆病を治したいんだったら、煮干しを食べなさい、煮干しを」

「……え、煮干しってそんな効果あるんですか……？」

訝《いぶか》しむ雀に、夏凜は自分のことのように自慢げに答える。

「煮干しにはカルシウム、鉄分、アミノ酸、ＤＨＡ、ＥＰＡが豊富に含まれてるわ。カルシウム、鉄分、ＤＨＡ、ＥＰＡには不安感をやわらげる効果があるし、アミノ酸は気分を高揚させる脳内物質『セロトニン』を作り出す素になる。つまり煮干しを食べれば不安が消えて勇気が出るってことよ。さぁ、煮干しを食べなさい、煮干しを」

「は、はあ」

夏凜はたっぷりと煮干しが入った袋を、グイグイと雀に押し付けてくる。

「臆病を治す方法が書いてある心理学の本を見つけました。図書室へ行ってきます」

「私も行くよ、東郷さん！」

友奈が東郷の車椅子を押して、部室から出て行く。

「あ、ありがとうございます」

二人の勢いに呆気《あっけ》に取られつつ、雀は頭を下げる。

一方、樹がタロットカードを机に並べ始めた。

「加賀城さん。恐怖心は、『わからない』という感情から発生すると思うんです。つまり未来がわかるようになれば、何かに怯えることは少なくなるはずです。だから占いの勉強をしましょう。タロット占いでしたら、私も教えることができますから」

「は、はい……」

樹の真剣な口調に気圧されながら、頷く雀。

（この人たち、なんでこんなに真面目に考えてるの……？）

雀の臆病さなんて、彼女たちにはどうでもいいことのはずだ。解決したとしても、何か報酬がもらえるわけでもない。それなのに、なぜ彼女たちは他人のために懸命になるのだろうか。

雀は煮干しを食べ、東郷と友奈が持ってきた心理学の本を読み、樹から占いのやり方を教わった。

「えっと……これで勇気は持てたと思います。ありがとうございます。では、もう帰らないといけない時間ですので！」

あまり長居してボロが出てはいけないと思い、雀は退散することにする。

ところがその時、窓から見える向かい側の校舎屋上の縁に、寝そべっている子猫の姿が見えた。

「……あれ、猫？」

雀が指差した方をみんなが見る。

「あああ！　依頼の迷い猫！　加賀城さん、お手柄よ！」

風が部室を飛び出していき、他のみんなも続く。

「雀ちゃん！　私たちも行こ！」

「え？　は、はい」

友奈に言われ、雀は思わず返事をしてしまう。

勇者部全員と雀は、校舎の屋上にやってきた。

（なんで私、ついて来ちゃったんだろ……）

子猫はまだ屋上の縁に寝そべったままだった。

「私が捕まえてきます！」

友奈が屋上の柵を越えて、向こう側へ行く。

「友奈ちゃん！　気をつけて！」

「大丈夫、東郷さん。猫を脅かさないよう、そーっと……」

友奈は子猫にゆっくりと近づいていく。

猫は友奈が近づいてきたことに気づくが、狭い場所で逃げることもできない。暴れれば自分が危険だとわかっているのか、ほとんど抵抗することもなく、友奈の手に捕まえられた。

友奈は猫を優しく抱きかかえ、屋上の柵の内側にいる樹に渡す。

「よし、これで依頼完了。後は――」

その瞬間、急に強い風が吹いた。

雀の目には、すべての光景がスローモーションに見えた。

バランスを崩す友奈。

動いたのは雀だった。

雀は友奈を助けようと、柵から身を乗り出して彼女の腕を掴んだ。

だが――友奈を引き上げるどころか、一緒にバランスを崩し――

落下していく。

地面に着くまでのほんの数秒の時間が、ひどく長い時間に引き延ばされて感じる。

（私、何やってんだろ……）

臆病者のくせに、なぜ友奈を助けようなんて危険なことをした？

自分でもわからない。

子猫を見つけて、ここにみんなが来る原因を作ってしまったのが自分だから、責任を感じたのか。

それとも、知り合ったばかりの自分の悩みのために一生懸命になってくれた彼女たちに、少しだけ恩を感じたのか。

（どっちにしても、全然私らしくない……っ！）

雀は落下しながら、友奈に強く抱きついた。

なぜか、彼女の近くにいるのが一番生きられる可能性が高いと感じた。生き残ることに関して並外れた嗅覚を持つ雀は、本能的にそれを理解していたのだ。

「う……」

目を覚ました時、横に友奈が意識を失って倒れていた。雀は自分の体を見下ろしてみる。落ちた時に打ちつけたのか、少しだけ肩が痛いが、それ以上の怪我はない。隣の友奈も怪我はなく、無事だろう。

「い、生きてるうううう！　良かったあああ！」

雀は目に涙を浮かべながら声をあげる。

「うう……いたた……」

友奈も目を覚ました。

「結城さん！　私たち、生きてますよ！」

「……ほ……ほんとだ！　なんで!?」

あの高さから落ちたら普通は死ぬ。運が良くて重傷だ。無傷で助かったのは奇跡としか言いようがない。

地面に着く直前、友奈の周りに桃色の小さな牛のようなものと薄い膜のようなものが現れて、友奈を守った——ように雀には見えた。

（私……結城さんを守るバリアのおかげで助かった……？　…………う〜ん、見間違えかなんかだよね）

正体不明の牛と薄膜については、何かの錯覚だろうと雀は思うことにした。

雀と友奈の頭上には、青々と葉をつけた大きな樹木があった。落下途中にこの枝葉に当たって、衝撃が少なくなったのだろう。

「とにかく、生きてて良かったあああ!!」

雀は大声で叫んだ。

すぐに他の勇者部員もやってきて、雀たちは念のために保健室へ連れて行かれた。

美森は大泣きし、他の三人も美森ほどあからさまではなかったが、目に涙を浮かべていた。

「ふふふ……友奈に何かあったら、責任を取って死のうかと思ったわ……」

割りと本気な口調で、風はそう言った。

雀はそんな彼女たちの様子を見て、友奈が本当にみんなから愛されているのだと思った。

「雀ちゃん、ありがとうね！　あの時、私を助けようとしてくれて」

友奈が笑顔でそう言ってきた。

「……でも私、なんの役にも立ちませんでしたし」

まったく情けない。危険を冒して他人を助けようとしたことは雀らしくなかったが、結局なんの役にも立っていないことは彼女らしかった。

「ねえ、雀ちゃんは勇気が持てないって言うけど、そんなことないと思う！　だってすっごく危ないのに、私を助けようとしてくれた！　これって勇気がないとできないよ」

「いや、それは……勇気とかじゃなくて、反射的に動いたというか」

「それが勇気じゃないかな」

「へ……？」

「あう、ええ～っと、なんというか、私たちも同じっていうか……」

友奈はしどろもどろになり、頭を抱える。

そこに風が苦笑気味につけ加えた。

「加賀城さん。アタシたちもね、勇気なんて持ってないわ」

「え、でも――」

彼女たちはバーテックスという、とんでもない化け物と戦っているはずだ。勇気がないとできないことだ。

「危険や苦痛を怖がることは誰だって当然よ。それを怖がらない人は、勇敢なんじゃなくて、人間として何かが壊れてるだけ。勇気があるって言われる人は、危険も苦痛も怖がるけど、それでもいざって時に頑張れる人。でも、そういう人が頑張る時に、『アタシは勇気を持ってるから頑張る！』なんて思ったりしないわ。いつの間にか頑張ってて、それを周りの人が見て『あの人は勇敢だな』って思ってるだけ。本人は自分が勇気があるって思ったりしてない。それってさっきの加賀城さんと同じじゃない？」

「……そう、かな……？　でも私、本当に臆病だし……」

友奈は雀の手を握る。

「私だって臆病だよ。危ないのも痛いのも、すっごく怖いもん。でも、もし友達が困ってたら、危なくても痛くても助けようとすると思う。さっきの雀ちゃんみたいに」

勇者が臆病？　――雀にはよくわからない。

美森も雀の前に来て言う。

「まずは、友奈ちゃんを助けようとしてくれて、本当にありがとうございます。それでですね、加賀城さん。私も思うのですが、臆病なことと勇気があることは相反しない。両立すると思うんです。臆病であり、同時に勇気がある人。加賀城さんはそういう人に思えます」

「うう、私がうまく言えなかったことを、全部風先輩と東郷さんが伝えてくれた……私、本当に伝えるの下手だぁ」

がっくりと肩を落とす友奈。

「友奈さん、落ち込まないでください！　みんな初めからわかってましたから！」

「樹、フォローになってないわ……ま、友奈だし、仕方ないわね」

落ち込む友奈を励まそうとする樹、からかうように言う夏凜。

「ふふ、それも友奈ちゃんらしいと思うわ」

「そうね」

微笑ましげな美森と風。

彼女たちの姿は、本当にどこにでもいる仲良しの少女たちにしか見えない。国家で最も重要な任務を担う者たちには見えなかった。


雀が語る話を、芽吹たちは聞き続けていた。

「そんなわけで、勇者様と劇的に邂逅した私、加賀城雀だったのでした！　メブの言う通り、勇者様も私たちとあんま変わらなかったよ。見た目も中身も。でも――」

雀は自分の手を見る。友奈に握られた手。彼女に触れられた時、なんだか不思議な温かさを感じた。

「でも、なんか良い人たちだったのは感じたよ。臆病と勇敢は両立するってのは、よくわからないけど」

そう雀が言うと、亜耶は微笑む。

「勇者様が仰ったことは、雀先輩をとても的確に表していると思いますよ。雀先輩は臆病で、そして勇気のある人なんです。臆病で勇気もない人だったら、前の御役目の時だって、サジタリウスから部隊を守ることはできなかったはずです」

一方、芽吹は雀の話を聞き、やはり納得できない思いを抱く。

（そうよ、三好夏凜も他の勇者も、私たちと変わらない……私と何が違うのよ……）

なぜ自分が選ばれなかったのか。

勇者とはなんなのか。

芽吹には未だにわからない。


夜、芽吹はトレーニングを終えた後、部屋の中でプラモデルを作っていた。四国八十八箇所に数えられる寺院には、五重塔を持つ寺が幾つか存在する。今芽吹が作っているものは、そのうちの一つを六十分の一スケールにした模型だ。装飾や見た目はもちろんのこと、木材の組み方まで、実物を忠実に再現している。

プラモ作りや日曜大工は、芽吹の唯一の趣味である。宮大工である父も、よく模型を作っていた。展示用に歴史的建築物の模型を作る仕事もあったし、大規模な社殿を作る場合にまず小さな模型を作ってから建築を始めることも多かったからだ。そんな父の姿を見て、芽吹も時々模型を作るようになり、いつしか手先も器用になって様々な工作物を作れるようになった。

模型を作っていると、芽吹は思考に没頭することができた。今も様々なことを考えている。今後、部隊をどうするか。防人たちが調査に赴く場所は次第に壁から離れていき、任務にかかる時間も長くなってきている。かかる時間が長くなれば、防人たちの危険も増す。前回のように強力すぎる敵に遭遇することが今後もあるだろう。どうすれば犠牲者を出さずにやっていけるのか。この防人の任務はいつまで続くのか。自分たちがやっていることは、本当に世界を守ることに役立っているのか。

そして、今日の雀の話を思い出す。勇者は普通の人間と変わらない。芽吹と何も変わらない。ならば、なぜ芽吹は勇者でないのか。勇者になれなかったのか——

——

その時、部屋のドアがノックされて、遠慮がちに雀が入ってきた。

芽吹は模型を作る手を止めて尋ねる。

「どうしたの？」

「いや……なんか勇者の話をしてた時、メブが難しい

顔してたから」

「……そうね。私は今でも納得できてないから……三好夏凜が勇者に選ばれたこと」

　雀以外にだったら、芽吹はこんなふうに自分の本心を話したりはしないだろう。性格は正反対だが、芽吹は雀に心を許しているのだ。

「あのね、メブ」

「何？」

「私にとっては、メブも勇者だから！　三好さんや、結城さんたちにも、全然負けてないからっ！　メブはすごいと思う！　本当に！」

　訴えるように言う雀に、芽吹は一瞬目を丸くして。

　そしてジト目を雀に向けた。

「あんた、おだててない？」

「…………正直、それもある」

「すーずーめー……」

「お、怒らないでえええ、メブううう！　だって私、メブに守ってもらわないと死んじゃうからあああ！」

　雀は私のことをなんだと思っているのか――芽吹は呆れてしまう。

「そ、それに！　確かにおだててるのもあるけど、本心でもあるから！　本当に、メブは私にとっての勇者だから！」

「おだててるって言われた後にそう言われても、嬉しくなんかないわよ……まったく」

　芽吹は苦笑する。

　本当は少しだけ嬉しかった。

　打算があったとしても、自分を勇者だと言ってくれる雀は、芽吹にとって特別な存在だ。

「言われなくても、守ってあげるわよ。私の部隊で、死者は出さない」

「ありがとう、メブ～～！　おかげで生きていけるよ、私～～！　メブはやっぱり勇者だよ～～～！」

　雀はしがみつくように芽吹に抱きつく。

　彼女たちの関係は、傍から見て理解しにくいところがある。しかし、もしかしたらそれは友情と呼べるのかもしれない。


　そして芽吹を始めとする防人たちの努力により、彼女たちの任務は調査から次の段階へ移行することとなった。

彼女たちに与えられる新たな任務は――国土亜耶を壁の外へと出す過酷な任務となる。

楠芽吹は勇者である

Kusunoki
Mebuki
wa YUSHA
de aru

楠芽吹は勇者である

Kusunoki
Mebuki
wa YUSHA
de aru

第四話

「鷹は飢えても穂を摘まず」

訓練施設内にある大浴場で、芽吹《めぶき》は亜耶《あや》に優しく抱きしめられていた。浴場には二人の他に誰もいない。

亜耶の方が体はずっと小さいのだが、子供をあやすように芽吹の頭を撫でる。

「あ……亜耶ちゃん？」

戸惑う芽吹を、亜耶は抱き続けた。

「芽吹先輩は、何度も何度もつらい目に遭ってきましたから……」

亜耶の口調には慈しみと、そして悲しみが滲《にじ》んでいた——。

◆　◆

白い丸テーブル。

白いチェアー。

白い陶器のティーポットとカップ。

弥勒夕海子《みろくゆみこ》はゴールドタワーに近接する臨海公園で、紅茶を楽しんでいた。

「海を眺めながらの優雅なティータイム……弥勒家の末席に連なるわたくしにふさわしいですわ」

夕海子はうっとりしながらつぶやいた。彼女は昼食が終わった後、午後の訓練が始まるまでの間、いつもティータイムを楽しむ。この時間は夕海子にとって、心身をリフレッシュする大切な時間だ。

海から流れてくる秋の微風を感じながら、カップを唇につける。アッサム茶葉を使ったミルクティーの甘みとコクが口の中に広がった。

「こうしていると、まるで風が語りかけてくるようです……」

「ぶふーっ！」

夕海子が一人、陶酔に浸っていると、盛大に噴き出す声が聞こえた。振り返ると、笑いを必死に堪えている雀と、やや呆れ気味の顔をしている芽吹の姿があった。

「風が……！　か、語りかける……！　くふふ、ふふ……」

「な、なんですの、雀《すずめ》さん！　高貴なるわたくしが麗しく午後のお茶を楽しんでいて、何がおかしいのですか！」

「弥勒さん……臨海公園にそんなテーブルやイスはな

かったはずですが」

芽吹は夕海子が使っているテーブルとイスを指差す。

「わたくしの私物ですわ。優雅な時間を過ごすためには、ふさわしいインテリアを揃えることも大切ですから」

「まさか、わざわざ自分で運んできたんですか？」

「そうですわよ」

芽吹の問いに、至極当然のようにあっさりと頷く夕海子。

ティータイムのためだけに、ゴールドタワーの自室からテーブルとイスを運んでくる夕海子の姿を、芽吹は想像した。テーブルとイスを一人で抱えて、一生懸命に運んだのだろう。秋とはいえまだ残暑も厳しいのに、汗を流しながら、一人で。

それは高貴さや優雅さとかけ離れた、とてもシュールな光景だった。

「ぶふーっ!!」

雀も想像してしまったのか、再び盛大に吹き出した。

「だから何がおかしいんですの!?」

雀に笑われる理由がわからないらしく、夕海子は真っ赤になって怒る。

「それより弥勒さん、招集がかかっています」

芽吹は話を断ち切り、要件を告げた。こういう容赦ない会話の切り方に、芽吹のコミュニケーション下手さと生真面目な性格が表れている。

「招集？　なんの要件ですの？」

「防人《さきもり》全員が展望台に集まってから話すそうです。とにかく展望台へ来てください」

夕海子は小さくため息をついた。

「優雅なティータイムを邪魔されたのは不満ですが、仕方ありませんわね。あ、ところで芽吹さん、雀さん。テーブルとイスを片付けるのを手伝ってくれませんか？　一人では運ぶのが大変で」

「それはそうでしょう……」

呆れる芽吹だが、全員が揃わなければ話が始まらないだろうから、さっさと片付けて展望台に向かった方が良い。そう考えて、芽吹は片付けを手伝うことにした。芽吹が夕海子と一緒にテーブルを運んでいると、雀も一人だけ無視しているのは気が引けるのか、イスを運んでくれた。

事あるごとに名家の令嬢であることを強調し、演出しようとする夕海子の思考が芽吹には理解できない。そもそも弥勒家は、夕海子が言うような『名家』ですらないはずなのに。

芽吹たちや他の防人たちが、次々に展望台へ集まってきた。

三十二人全員が展望台に揃った後、仮面をつけた女性神官が姿を現す。

神官は防人たちを前にして、淡々と話し始めた。

「本日までの結界外の調査任務、大変ご苦労様でした。あなたたちの努力のおかげで、壁の外の大地と燃え盛る炎に関する調査は終了しました」

芽吹は勇者として認められるために、防人としての任務を完璧にこなしているつもりだ。だが、『あなたたちのおかげで』などと言われても、いまいち大赦から評価されている実感がない。そのことに芽吹は焦りと苛立ちを感じていた。

「防人の任務は、調査から次の段階へと進みます」

そう言って女性神官は、プラスチックのシャーレを防人たちに見せた。シャーレの中には一粒の種が入っている。その種はぼんやりと光を発していた。

「これを壁の外の土壌へ埋めてください。その後、巫女が祝詞を唱えます。この種は巫女の祝詞による呼びかけに反応し、壁の外でも発芽して植物として成長する……想定通りに行けば、種を植えた箇所に緑が戻るでしょう」

「巫女が祝詞《のりと》を……って、まさかあややを外に出すの!?」

雀が声をあげる。

神官の言う任務を行うためには、亜耶が防人たちと共に壁の外へ出なければならない。まったく戦う能力のない少女が、星屑とバーテックスモドキの蠢《うごめ》く灼熱の世界に投げ出されることになる。

「そうです。巫女である国土さんがタワーにいるのは、この任務を想定していたからでもあります」

神官の冷淡な口調。

芽吹は反対の声をあげた。

「待ってください、彼女を壁の外に連れ出すのは危険すぎます。そもそも結界外の灼熱に、巫女では耐えき

れないでしょう」

「心配無用です。あなたたちの戦衣《いくさぎぬ》と同様、巫女専用の装備が用意されます」

「ですが、星屑とバーテックスは？」

「あなたたち防人が、巫女を守れば良いのです」

戦う能力を持った防人たちでさえ、初めて壁の外へ出た時は何人もの重傷者を出した。まったく戦う力のない巫女が結界を出るとなると、その危険性は計り知れない。だが――

「できますね？　楠《くすのき》さん、あなたなら」

「……」

神官は尋ねるが、実際のところ、それは問いではない。芽吹がどう答えようと、任務が変更されることはないだろうから。

そして芽吹の答えを待たず、神官は話を進める。

「楠さん、あなたには期待しています。国土《こくど》さんをよろしくお願いします」

女性神官の言葉には、まったく感情がこもっていないように芽吹には思えた。

「種を植える……今後は壁の外の大地に、植物を復活させていくつもりなのですか？」

夕海子の問いに、神官は変わらず淡々と答える。

「いいえ、細かくやっていては時間がいくらあっても足りませんし、種もそれほど多くありません。植物を植えた場所を通路……いわゆる橋頭堡《きょうとうほ》として、ある場所を目指します」

「どこですの？」

「遠い昔、西暦の時代に『近畿地方』と呼ばれていた場所です。近畿地方にたどり着き、陣地を築くこと。そこまでがあなたたちの任務です」

神官の言葉に、芽吹は唇を噛み締めた。

「……その後は勇者の任務ということですか？」

「あなたたちが知る必要はありません。伝達事項は以上です。今後も全力で御役目を果たしてください」

女性神官は防人たちに背を向けて、展望台から出ていく。

命令だけを告げ、一方的に話を打ち切るのは、いつも変わらない。肝心なところは何も話してくれないのだ。

防人という存在が、それだけ軽んじられているということ。

今回の任務が、勇者の出撃に際してのお膳立てをしろということならば――

だとすれば、芽吹にとってそれはあまりにも屈辱的だった。


午後の訓練中、芽吹は荒れていた。

「はぁっ！」

芽吹は木銃でシズクと打ち合う。今の彼女は大人しい人格の『しずく』ではなく、好戦的な人格の『シズク』だ。

シズクが振るう木銃を、芽吹は力任せに打ち払う。その勢いで体重の軽いシズクは吹っ飛ばされた。シズクは床に手をついてバク転で態勢を整え直すが、彼女の運動神経がなければ壁に体ごと打ち付けられていただろう。

「あっぶねえ……。くっ、なんだよ、今日の楠は。気合い、入りすぎだっての」

芽吹はシズクに目もくれず、他の防人に対して声をあげる。

「次！　早く来なさい！」

「あ、はい！」

芽吹の剣幕に驚きながらも、目をつけられた少女が木銃を構えて立ち会う。その少女も指揮官型クラスの防人で、戦闘能力は高いのだが、芽吹にあっさりと吹っ飛ばされてしまう。

「ひえぇ……今日のメブはなんか怖い。君子危うきに近寄らず。私は隅っこでひっそりと練習してよ……」

雀はこそこそと訓練場の端に行こうとする。しかしそんな雀の姿を、芽吹は見逃さない。

「雀！」

「ひゃっ、ひゃい!?」

雀は思わず変な声を出してしまった。

「こっちへ来なさい！　盾の訓練は一人ではできないでしょ。私が立ち会いの相手になるわ」

「い、いいえいいえ、お気遣いなく！　防人番号三十二番で最底辺の私と、一番のメブじゃ差がありすぎますでございますので！　私は同じく三十番くらいの銃剣型の人と――」

「弱いもの同士で訓練していても、強くなれないわよ。

早く来なさい！」

「うぅ、わかりましたぁ……」

　断ればもっと怒られそうだったので、雀はビクビクしながら芽吹の前に行く。

「さあ、盾を構えなさい」

「は……はぁい」

　怯えながら、訓練用の木製の盾を構える雀。

「はあああああっ!!」

　芽吹は凄まじい勢いで、雀の盾を木銃で突き、また打ち払う。

　盾が壊れそうなほど激しい連撃だった。

「ひえぇぇ～～!!」

　芽吹の攻撃を受けながら、雀はもう涙目だ。

「雀、しっかり盾を持ちなさい！　星屑たちの突撃はこんなものじゃないでしょう！」

「そ、そんなこと言われても！　ぎゃー死ぬぅう！」

　やがて芽吹の猛攻に耐えきれず、雀は盾を弾き飛ばされてしまう。

「次の任務では、巫女を確実に守りながら進まないといけない。護盾《ごじゅん》型防人の役目がとても重要になるの！　もっと気合を入れなさい！」

「メブの方がバーテックスより怖いよぅ……」

　と雀は小声で漏らす。

「何か言った？」

「い、いいえ、いいえ!!」

　芽吹に睨まれると、雀はすごい勢いで首を横に振った。

「次、来なさい！」

　ほとんどの防人たちが芽吹の剣幕に怯える中、一人だけ不敵に堂々と対峙する少女がいた。

「では、この弥勒夕海子がお相手いたしますわ！　新たな任務が始まるのですから、その前祝いとして我がライバル、芽吹さんを倒してみせましょう！　てやあああああっ！」

　気合いの声と共に、夕海子は木銃を構えて芽吹に突っ込む。

「何が……前祝いよ」

　祝うようなことなど何もない。今回もまた、防人たちはただ軽んじられただけだ。

　芽吹はあっさりと夕海子の突きを避け、勢いをつけすぎて体勢を崩した彼女の背中を木銃で打ち付けた。

夕海子は床にうつ伏せに倒される。

「あぐぅっ！」

「弥勒さんは勢い任せに突っ込みすぎです！　だからいつも不要な危険を負うんです！」

倒れた夕海子を一喝した後、芽吹は訓練場にいる三十人の防人を一瞥《いちべつ》する。

「みんな、全然訓練が足りてない！　そんなことじゃ、次の任務か、次の次か——いつか重傷を負うか、殺されてしまうわよ！　大赦は私たちを使い捨ての道具としか見ていない！　あいつらは私たちを守ってくれはしない！　私たちの身は私たちで守らないといけないの！　あなたたちの弱さじゃ……そんなことだから、勇者になれないのよっ！」

苛立ちがそのまま言葉になって芽吹の口から出た。

「……確かにあなたの言うことは正論ですわ、芽吹さん……。ですが、今日はまたずいぶんと不機嫌ですわね」

背中を打たれた痛みに顔をしかめながら、夕海子は起き上がる。

「弥勒さんは何も思わないんですか。私たちの新しい任務は……単なる勇者たちの露払いですよ！　今までの調査任務も、これからの任務も、私たちはこれだけの危険を負っているのに……！　命を削っているのに、与えられている任務はあまりにも下らない！　弥勒さんは悔しいと思わないんですか!?」

あの屈辱的な任務に、夕海子はなんとも思わないのか。

功績をあげたいと常に言い続けている夕海子は、勇者の露払いという役割に納得しているのか。

どうして前向きでいられる!?

「——悔しいに決まっていますわ」

夕海子の口調には、静かな怒りがこもっていた。

彼女も、大赦の自分たちに対する扱いに納得などしていなかった。怒りと不満を自分の中に抑え込んでいただけだ。

「ですが、大赦のわたくしたちに対する今の評価は、その程度ということでしょう。悔しいですが、駄々をこねて喚《わめ》いても、なんにもなりませんわ。でしたら、今できることをひたすら全力でやるべきです」

「ですが――」

なおも反論しようとする芽吹の言葉を、夕海子は遮る。

「それにわたくしは、与えられている任務が下らないものだとは思いません。確かに調査も陣地設営も地味な仕事ですが、戦には不可欠な役割ですわ。それに、実績を積み上げて積み上げて積み上げて……そうして行けば、いずれ上が見えてくるはずです。いつかは勇者か、それに匹敵する御役目を任されるはずです。そう考えれば、わたくしたちにとって『下らない任務』など存在しませんわ！　すべて大きな価値のある任務です！」

「……！」

夕海子の言葉に、芽吹はハッとする。

「わたくしたちは調査任務をほとんど犠牲なく終えることができました。犠牲を前提とした防人というシステムに対し、これは大赦の想定を覆す大きな実績に違いありませんわ。陣地設営の任務でも、同じように大赦の想定以上の実績をあげれば、彼らはきっとわたくしたちを軽視できなくなる。今、我々がやっていることは、建物作りで言えば基礎工事のようなものです。大工の娘であるあなたなら、その重要さがわからないはずはないでしょう!?」

芽吹は言葉を失う。

訓練場に沈黙が落ちた。

芽吹も、いつもは口数が多い雀も、ケンカっ早いシズクも、口を開かない。

夕海子は周囲から、勢い任せで考えが足りていないと思われがちだった。だが彼女は、防人という任務に対して地に足をつけた考えを持ち、誰よりも真摯に向き合っていたのだ。

何秒か、あるいは何十秒かの後、沈黙を破ったのは芽吹だった。

「……そうですね……。弥勒さんの言う通りです……。ごめんなさい、みんな。八つ当たりしてしまって」

芽吹は防人たちに頭を下げる。

そして夕海子の方を向いて、

「ありがとうございます。弥勒さんのおかげで我に返りました」

「お礼には及びませんわ。わたくしはあなたより一歳年上の先輩なんです。後輩を導くのも、先輩の役目ですわ」

「……ありがとうございます。……あと、すみません。弥勒さんが年上だということ、今思い出しました」

「ちょっ、芽吹さん⁉」


その夜、芽吹は訓練施設にある大浴場に入っていた。

防人たちの各個室に小さなシャワー室はあるのだが、訓練の後などにみんなで一斉に汗を流せるよう大浴場も作られていた。だが訓練後以外には、ほとんどの防人たちは自室のシャワーを使うため、今大浴場にいるのは芽吹だけだ。

(今日の私、最低だった……)

訓練中の芽吹は、完全に冷静さを欠いていた。

自分の中で怒りや苛立ちの感情を持ったとしても、他人に当たっていいわけではない。

芽吹の父は——大赦から理不尽な依頼があっても、同僚の失敗の責任を取らされても、決して怒ることも八つ当たりもしなかった。ただ無言で仕事を全うした。

(それに比べて……子供すぎる、私……)


芽吹は自己嫌悪に陥る。

「あれ、芽吹先輩？」

その時、国土亜耶が浴場のドアを開けて入ってきた。

「珍しいです、芽吹先輩が大浴場に来るなんて」

女児のような無邪気な笑顔で言いつつ、亜耶はかけ湯で体を流す。

そして浴槽に入って芽吹の傍に来た。

「亜耶ちゃんはこっちのお風呂をよく使ってるの？」

「はい、部屋のシャワーだけではなんだか味気ないですし。こっちのお風呂は広いから、人が少ない時は泳ぐことだってできるんですよ。こーんなふうに」

お湯の中で犬かきのようにして、少し泳いでみせる亜耶。

「亜耶ちゃん、お風呂で泳いじゃダメよ」

「あ、はい。ごめんなさい」

亜耶は素直に頷き、芽吹の隣に戻ってくる。

「芽吹先輩、少し元気がないみたいに見えます」

「うん……午後の訓練中に、ちょっと、ね」

「あ……そういえば弥勒先輩とケンカしたって、雀先輩が言ってました」

「まったく。雀はおしゃべり好きなんだから」

　芽吹は苦笑する。

「芽吹先輩は弥勒先輩と仲良しなのに、ケンカなんて……いえ、確かにいつも口ゲンカはしてますけど、あれは仲良しの証拠ですし……」

「別に仲良しじゃないわよ。いつも弥勒さんが突っかかってくるだけ。それに――今日のはケンカじゃないわ。私が一方的に悪くて、説教されちゃっただけよ」

　亜耶は目を丸くする。

「弥勒先輩が芽吹先輩をお説教……ですか？　想像がつきません……」

　芽吹は訓練中に起こったことを亜耶に話した。大赦から告げられた新たな任務に苛立ち、他の防人たちに当たってしまったこと。夕海子の言葉は正しく、芽吹は自己嫌悪に陥っていること。

　ため息をつく芽吹を亜耶は静かに抱きしめた。亜耶の方が体はずっと小さいのだが、子供をあやすように、抱きしめたままそっと芽吹の頭を撫でる。

「あ、亜耶ちゃん？」

　戸惑う芽吹だが、亜耶は彼女を抱き続けた。

　そして亜耶自身が苦しんでいるかのように、彼女は悲しげに言う。

「芽吹先輩は、何度も何度もつらい目に遭ってきましたから……」

「つらい目になんて……」

「先輩が防人になる前のこと――今に至るまでのこと、だいたい聞いています。芽吹先輩はいつも一生懸命ですから……だから期待して、期待して、でも期待通りにならなくて……その分だけ余計に苦しんでしまうんです。初めから期待していなければ、諦めていれば、苦しんだりしません。でも芽吹先輩は一生懸命すぎるから、諦めないから、いつも苦しんでしまうんです」

「……私は――」

　勇者候補生の一人だった頃、勇者になれると期待した。だから、どんなに苦しい訓練でもやり遂げてきた。しかし神官に呼び出され、告げられたのは落第だった。

　このゴールドタワーに集められた時も、芽吹は再び勇者になれると期待してしまった。だが勇者どころか、ただ消耗品として使い捨てられる防人にされただけだった。

そして防人としての御役目を十二分に果たし、勇者に近づけているはずだった。しかし今日言い渡された新たな御役目は、勇者に近づくどころか、今まで以上に危険だけが大きく、屈辱的な任務。

欲しいものは、いつだって芽吹の目の前に掲げられていた。けれど手が届くように見せかけながら、本当は決して届かないようになっていた。芽吹を走らせるためだけに掲げられ、射幸心を煽るためだけに存在する、偽りだった。

「それでも、芽吹先輩は諦めないんですよね……」

「当たり前よ……絶対に諦めない。諦めたら今までの私の生き方も——他の防人たちの命も、ただ軽く見られて利用されただけになる。そんなこと許せない……」

その言葉を聞いて亜耶は微笑んだ。

「芽吹先輩は、きっと自分のことだけじゃなくて、防人のみんなが軽んじられていることが許せないんですね」

「……わからないわ……。ただ、大赦が防人を消耗品扱いして、私たちを人間として見ていないことは、許せない」

二年前、勇者候補生だった時、芽吹は一人で完結していた。自分のことだけを考えていれば良かった。

しかし部隊を率いるようになってから、周囲を気にするようになって——

芽吹の中で何かが変わり始めているのか。

亜耶は芽吹の頭を撫でる。

年下の少女に子供のように扱われても、不思議と嫌ではなかった。

「私はみんなを見ていますから」

「……」

「私は、芽吹先輩が頑張っていることも、防人のみんなが命がけで任務を果たしていることも、全部見ています。たとえ他の誰が芽吹先輩たちを軽んじても、私はみんなが懸命に戦っていることを知っています」

神官たちが芽吹たちを軽んじても。

大赦が防人を消耗品扱いしても。

この少女だけは芽吹たちに寄り添っている。

「ねえ、芽吹先輩。今度の任務は、私も皆さんと一緒に壁の外へ出るんです」

「……そうね……私はそれも許せない。何を考えてるのよ、大赦は。結界の外に巫女が同行する……その危険性がわからないはずがないのに……！」

　大赦にとっては防人だけでなく、巫女までも消耗品だというのだろうか。

　彼らは人間そのものを軽視しすぎている。

「そうですね、とても危険な御役目だと思います。……でも、私は少しだけ嬉しいんですよ」

「え……？」

「私はいつも防人のみんなが帰ってくるのを待っているだけでした。傷ついて、ボロボロになって、任務を終えて帰ってくるのを……。巫女なんて言っても、私が芽吹先輩たちにしてあげられることは何もありません。苦痛を共有することも、何かを与えることもできない……そんな自分が嫌だったんです。でも今度はみんなと一緒にいて、少しでも御役目を共有することができます」

「……怖くないの？」

「怖いです……今は収まっていますけど、この御役目を聞いた時、震えが止まらなくて……。壁の外に出たら、足がすくんで泣いてしまうかもしれません。でも、この恐怖と苦しみに、防人はいつも耐えているんですよね。怖くても、大変でも……何もできずにただ待っているお飾りでいるより、私は嬉しいんです」

「……」

　巫女は戦う力を持たない。戦闘訓練だって受けていない。だから、この任務における危険性と恐怖は、防人よりも大きいはずだ。

　けれど亜耶はそれに耐えていた。

　小さな体で必死に耐えて、むしろ芽吹たちを気遣って微笑んでいる。

「今度の御役目では芽吹先輩たちの傍にいて、その活躍を見ていられます。そしたら私、芽吹先輩がすごくすごく頑張っていることを神樹様に伝えますね。神樹様からの神託はいつも一方通行ですから、巫女の言葉が神樹様に届いているのかわかりませんけど……私、一生懸命、伝えますね。芽吹先輩は勇者様に負けないくらい頑張ってますって」

「亜耶ちゃん……」

「私から見れば、芽吹先輩は勇者様と変わりません。

芽吹先輩も勇者様なんです」

「…………ありがとう……」

落第者となって地べたを這っていた自分を勇者だと言ってくれる。

雀もそうだった。そして今、そう言ってくれる人が、また一人増えた。

嬉しく思うと同時に、芽吹は自分のことが恥ずかしくなった。

今回の任務を言い渡され、一番怖がっていてもおかしくない亜耶が、健気に芽吹を励ましている。それなのに、自分はどうだ？　イジケて周囲に当たっている場合ではないはずだ。

少しずつでも、芽吹を勇者と同じだと認めてくれる人が増えている。だったら、これを繰り返していけばいい——そう芽吹は思った。そしたらいつか、周囲の多くの人が自分を勇者だと認めるようになるだろう。

実績を積み上げれば、名は後からついてくる。もともと芽吹はそうしていくつもりだった。それなのに、大赦から告げられたことに苛立ち、その想いを忘れてしまっていた。


「バカね、私……。子供みたいに駄々をこねて」

「いいじゃないですか、子供で。芽吹先輩は早く大人になろうとし過ぎているように見えます。子供な芽吹先輩も、かわいいと思いますし」

亜耶はくすくすと笑い、芽吹は顔を赤くする。

芽吹は軽く咳払いして、

「と、とにかく。確かに巫女を結界の外に出すのは危険な任務だけど、安心して。私たちが亜耶ちゃんを絶対に守ってみせる。化け物どもなんかに、傷一つつけさせないから」


翌日の朝、芽吹が日課のランニングをするために臨海公園に出てくると、夕海子の姿を見かけた。

「芽吹さん、爽やかな朝ですわね」

「何してるんですか、あなたは……」

「優雅にモーニングティーを楽しんでいたところですわ」

夕海子は今日も公園にイスとテーブルを持ち出し、紅茶を飲んでいた。だが、服装がおかしい。彼女はなぜかジャージ姿だった。

「いやいや、その服装で優雅とか言われても……」

「弥勒家の淑女たるわたくしの身体から溢れ出る気品フェロモンがあれば、どのような服装であろうと優雅さは揺らぎません。それを証明するために、今日はジャージでティータイムを楽しんでいたのです」

「その自信はどこから来るんですかね……」

芽吹は呆れてしまう。

「まあ、それは冗談として。あ、わたくしから溢れ出る気品がジャージさえ優雅に見せることに関しては、冗談ではなく本気ですけど」

「冗談であってほしかったです」

「今日は芽吹さんと一緒に早朝のランニングをしようと思いまして。ですから、ジャージ姿なのですわ」

「いいですけど……ついて来れますか？」

芽吹は毎朝、かなりの距離をかなりの速さで走る。今日ランニングを始めたばかりでは、ついて来ることは無理だろう。

だが夕海子は、いつもの強気を崩さない。

「この弥勒夕海子を侮らないでいただきたいですわ」

彼女は宣言した通り、走る芽吹にきっちりとついてきた。フォームやペース配分などを見れば、夕海子が今日思いつきでランニングを始めたわけではない、とわかる。彼女は普段から走り込みや体力トレーニングを積んでいるのだろう。

夕海子は考えなしに突撃したり、不要な戦闘を行ったりするために負傷することは多いが、基礎的な能力は決して低いわけではない。

「今日の芽吹さんは、昨日よりはよほど良い顔をしていますわ」

「まぁ、少し吹っ切れたので」

「いいことです。わたくしたちの立場に関し、いろいろと思うところはあるでしょうが、今はできることをやるしかありません」

「ええ、そうですね」

まったく夕海子の言う通りだ。自分たちは自分たちの立場で、懸命に生きていくしかない。命を軽んじられ、理不尽な扱いを受けているとは思うが、嘆くだけでは何も変わらない。

時速十キロ以上のペースを維持しながら、二人は話

す。

「ところで芽吹さんは、弥勒家というものをどれくらい知っていますか？」

「……正直に言うと、ほとんど知りません。弥勒さんに出会うまで、聞いたこともありませんでした」

　父の仕事が大赦に関わるものだったため、芽吹は一般の人々よりも大赦関連の情報を知っている。乃木家をはじめとして大赦内で力を持つ名家についてもよく耳にするが、『弥勒家』という名前は話題に出た記憶がない。

　芽吹の言葉に、夕海子は怒ることなく、少し寂しげに笑うだけだった。

「フ……まぁ仕方ありませんわね。今や弥勒家は没落していますから」

「そういえば、前に亜耶ちゃんが『かつて弥勒家は世界を救ったことがある』って、言ってましたね。私は聞き流してましたが……」

　そもそも本当に世界を救ったほどの功績を持つ家なら、もっと有名なはずだし、教科書や歴史書などにも記述があるはずだ。

「芽吹さんは、二年前に崩れた大橋に、名誉ある家名を刻んだ石碑が立っていたことをご存知ですか？」

「ええ、知っています」

　父は宮大工であるため畑違いだが、大橋は四国有数の大規模構造物だったため、父も少しだけ関わりを持っていた。

「弥勒家は本来ならば、大橋に石碑が立っていてもおかしくはなかった家なのです」

「……それは……」

　夕海子の言葉が事実ならば、弥勒家は勇者を世に送り出したか、それに匹敵する偉業を為したということになる。

「まさか、弥勒家は過去に勇者を出したことがあるんですか？」

「いえ、そうではありませんわ。ですが、弥勒家は――神世紀七十二年、四国を崩壊の脅威から守ったのです」

　夕海子が言っている事件は、すぐに芽吹も思い当たった。

　神世紀七十二年の大規模テロ――歴史の教科書にも

載っている大きな事件。

　ただし、その詳細はどんな歴史解説書にも記されていない。『正常な思考を失ったカルト団体が、四国の全人民を巻き込んで集団自殺を図った』ということだけしか情報はない。

　バーテックスや四国の外の真実を知らされた今思えば、あの曖昧な記述は、大赦による検閲の結果なのだろう。その事件を鎮圧したのは赤嶺《あかみね》家だと伝えられているが――

「あの事件解決のために大きな役割を果たしたのは、赤嶺家だけではありません。弥勒家の祖先も重要な働きをしたのです。そのため昔は、弥勒家は赤嶺家と並んで四国を救った英雄として讃えられていました。しかしその後、百年、二百年と年月を重ねる間に、様々な原因があって弥勒家は没落したのです。今やその功績が歴史の記述に載らないほど、私たちの権威は失墜しました」

「そう、だったんですね……」

「ですが、没落したとしても、わたくしはわたくしの家を名誉に思います。かつて多くの人々を救ったという事実を誇りに思います。祖先が英雄であり、わたくしにその血が流れていることを素晴らしく思います。その信念は、誰にも否定させません」

　楠家は宮大工の家系として歴史はあるが、名家ではない。だから芽吹は、名家の興亡につきまとう悩みや苦しみを、あまり理解できない。

　しかし夕海子の『自分の信念を否定させない』という言葉は、芽吹の胸に響いた。芽吹も同じ思いを抱えている。自分は勇者失格ではない、必ず勇者になれる――この信念だけは、誰にも否定させない。自分の生き方を、絶対に誰にも否定させない。

「わたくしは大赦に認められる功績を立て、必ず弥勒家の名誉を挽回いたしますわ。防人は危険が大きく、地味で屈辱的な御役目ではありますが、家名をあげるためなら地べたを這いつくばることも、泥水を啜《すす》ることだってやってみせます」

　彼女が本気でそう思っていることは、口調と顔つきでわかる。

　思えば、不思議ではあった。彼女は名家の娘であることを事あるごとに強調し、目立つこと、前へ出るこ

とを好む。しかし一方で、防人という裏方の任務に対し、愚痴一つ言ったことはなく、むしろいつも前向きだった。

それは弥勒夕海子という人間の持つ強い覚悟ゆえだ。何をしても必ず成り上がるという決意ゆえだ。

夕海子が抱える悩みは、芽吹と根底が似ている。夕海子は、世界を救った者の血を引くという自負に反し、周囲からは評価されない。芽吹は、勇者にふさわしい能力を持つという自負に反し、大赦から評価されない。

自負と評価の乖離。

しかし弥勒夕海子は、覚悟と決意をもって、その苦悩を覆そうとしている。そのために多くの努力を積んでいる。防人の中で身体能力最上位である芽吹に、ランニングで並走できていることが、彼女の努力の証拠だ。おそらくトレーニングで身につけた基礎体力だけで言えば、芽吹以外の誰にも負けないだろう。

「弥勒さん……」

「なんですの?」

「なんだか私、少しあなたのことが好きになりそうです」

「は、はぁ!!? ななな何を言ってらっしゃるんですの、急に!?」

「今まで弥勒さんのこと、猪突猛進でやたらと怪我をするし、いつも突っかかってくるし、そのくせ防人番号は二〇なんて微妙な数字ですし、少し嫌っていました」

「あなた、口が悪すぎませんこと!? ……まあ、コミュニケーションに難があるのは、昔からでしたわね……」

「でも今日話してみて、わかりました。弥勒さんと私は似た者同士です」

自分に似た悩みと意志を持つ者に出会えたことが嬉しい。

芽吹は今初めて、夕海子をただの防人の一員ではなく、一人の仲間として見ていた。

「弥勒さん、絶対に希望を叶えましょう。私は勇者に、弥勒さんは家の再興を……必ず、成し遂げましょう」

「言われるまでもありませんわ。もっとも、そのためにまずわたくしが芽吹さんより優秀であることを証明し、隊長の座を奪い取ります。あーっはっは! このランニング勝負もわたくしの勝利ですわー！」

夕海子が急に速度をあげ、芽吹の先を走り始めた。

少し、イラッとした。

芽吹も地面を蹴り、走る速度をあげる。すぐに夕海子を追い抜き、結局芽吹の方が先にランニングコースを走り終えて、タワーに戻ったのだった。


そして新たな任務が始まった。

灼熱の大地を歩む防人たちの中に、普段と異なる装束をまとった亜耶の姿があった。その特殊な装束は『羽衣《はごろも》』と呼ばれる。戦衣のような身体強化機能や、戦うための武器は付属しないが、結界外の環境に耐えられるように遮熱機能が優れている。

（……それにしても、今回は……いつもよりも結界外の熱気が強いように感じる。気のせいかしら……）

芽吹の額から汗が流れ落ちる。戦衣の調子が悪いのか。それとも本当に熱気が強まっている――？

亜耶も汗だくになり、苦しそうな呼吸を繰り返していた。

「大丈夫？　亜耶ちゃん」

「芽吹先輩……気遣ってくれてありがとうございます。でも、大丈夫です。こんなことくらいで弱音を吐くわけにはいきません。私のせいで速く進むことができないのですから、せめて頑張るくらいはさせてください」

亜耶は精一杯の笑顔を浮かべる。

巫女である彼女は防人と違い、普通の少女と身体能力は変わらない。防人は亜耶に合わせて、普段よりも遅い速さで移動している。

しかしこの任務は、亜耶抜きにして成り立たない。彼女こそが中心なのだ。

「皆さんはいつも、こんな大変な世界で御役目を果たしているんですね……」

「私たち防人は、そのために鍛錬を積んでいるもの」

芽吹の口調に迷いはなかった。自らの任務に苛立ち、腐っていた彼女はもういない。今は前向きにこの御役目に臨んでいる。

（亜耶ちゃんと弥勒さんのおかげね……）

そんなことを言えば夕海子がまた調子に乗るだろうから、決して口にはしない。だが、芽吹は確かにそう

感じていた。

　芽吹はいつも一人で物事を為し続けてきた。勇者候補生時代の訓練も、防人の御役目も、一人だけでこなしてきた。部隊の隊長となってから、他人との共同作業は必要となったが、芽吹にとって防人の隊員は仲間や友人ではなかった。任務達成のための力であり、武器に過ぎなかったのだ。

　だから芽吹は、ずっと独りだった。誰にも寄りかかることなく、あらゆる者の支えを拒み、共に歩む者なき道程をたった独りで突き進み続けていた。

　歯を食いしばりながら。

　足を引きずりながら。

　独りだった。

　しかし今――仲間のおかげだ、と。そう思えている。芽吹は周囲の者の支えと存在を、おそらく生まれて初めて、その身に感じていた。

「――芽吹先輩は、羽衣伝説というものを聞いたことがありますか？」

　亜耶は『羽衣』の裾を手で掴みながら言う。

「羽衣伝説？　いいえ、知らないわ」

「天女の羽衣を人間が盗んでしまうお話です」

　亜耶は足を引きずるようにして歩きながら、その伝説について話してくれた。

　ある湖で、天から降りてきた天女が水浴びをしていた。それを見た男が、彼女の羽衣を盗み、隠してしまう。羽衣を失ったため、天女は天に帰ることができなくなってしまった。彼女は地上で暮らし始め、羽衣を盗んだ男と夫婦になり、四人の子供を産んで家庭を持つ。しかしある時、天女は隠してあった羽衣を見つけ出した。彼女は男と子供を残し、天に帰る。そして残された男と子供たちは、嘆き泣き続けた……。

「ずいぶんと身勝手な話ね」

「私もそう思います。羽衣を盗んだ男の人も身勝手ですし、子供たちを置いていった天女も身勝手です。ですが、とある伝承によれば、天女は天に帰った後、泣き続ける子供と夫を愛しく思い、一年に一度だけ会うことができるようにしたそうです。愛しく思っていたのなら……天女は、本当に天に帰りたいと思っていたのでしょうか」

　神話伝説では多くの場合、登場人物の心情は語られない。だから天女の本当の気持ちなど誰にもわからない。

しかし――なぜ大赦は、巫女が身にまとうものに、天に帰るための神具の名前をつけたのか。芽吹はそこに微かな不吉さを感じた。

「ぎゃああ、助けてメブぅぅ～～っ!! 来たよおお！ 星屑がっ来たあああっ!!」

雀が叫びながら芽吹にしがみつく。

どうやらおしゃべりは終わりのようだ。

「護盾隊は国土亜耶を中心に盾を展開!! 私たちの任務は、巫女を目的地へ無事にたどり着かせることよ！」

芽吹の呼びかけに応えるように、護盾型防人たちが盾を巨大化させ、組み合わせていく。

「メブぅ～～～、星屑は防ぐからぁぁ！ でもこの前みたいなデッカイの出たら、絶対私を守ってええええ!!」

相変わらず他人頼みだが、『星屑は防ぐから』と言えるようになったのだから、雀も変わってきているのかもしれない。芽吹と同じように。

「わたくしは盾の外で戦いますわよ！」

「俺も外で戦わせてもらうぜ！ いいだろ、楠!?」

夕海子とシズクが盾の覆いの外に出る。

夕海子の猪突猛進に対し、芽吹は以前のように苛立ちを感じない。彼女も芽吹と同じように、自らの夢のために必死なのだとわかったから。

そしてシズクは以前交わした約束を守り、きちんと芽吹の指示を聞き、今も行動の許可を待っている。粗暴で手が早いシズクだが、決して自分勝手ではないのだ。

芽吹は思う――

（このチームは……この仲間たちは、案外悪くないんじゃない？）

そして部隊全体に指示を飛ばす。

「弥勒さんとシズクに戦闘を許可する！ 番号一から六、および弥勒夕海子と山伏シズクは盾の外で星屑と戦闘を！ 銃剣隊の他の者は、盾の内から応戦を！ 今回も誰一人犠牲者を出さず、御役目を成し遂げてやりましょう!!」

銃剣を持つ防人たちの半分は盾の覆いの外で星屑たちと戦い、もう半分は盾の隙間から銃剣の切っ先を突き出して星屑たちを倒す。

盾を展開したまま、ジリジリと防人と巫女は進んでいった。

そして種を植える予定地にたどり着く。初任務である今回は、壁からそれほど遠く離れていなかった。

護盾型防人の盾の覆いの中で、亜耶が羅摩《かがみ》に入れていた種を取り出し、地面に落とす。その後祝詞を唱え始めた。

「地津主神《くにづぬしのかみ》、夫《そ》れ甲子《きのえね》とは、木《き》の栄《さか》える根《ね》を云《いふ》。根待《ねま》ちは普《あまね》く地《ち》を祭事《まつること》ぞ。地《ち》は則《すなは》ち妻《つま》なれば、是《これ》を祭《まつ》るを寝交待《ねまち》と云《いふ》。然《しか》り心善《こころよ》く……」

厳かな声と共に、種を落とした地面から緑の芽が現れた。

一粒の種から発生したとは思えないほど大量の芽が地面を覆っていく。盾の覆いの内側だけではなく、盾の外にまで小さな芽が次々に現れる。

盾の外で星屑たちと戦っていた芽吹も、地面から生えてくる植物に気づいた。本来なら植物など生えるはずもない焼け爛れた土壌の上に、緑の生命が次々と生まれていく。

「成功したの……!?」

植物の芽が大地を覆っていく。まるで地の灼熱を吸収しているかのように、緑で覆われた部分からは熱気を感じなくなっていた。

紅い地面が緑に埋め尽くされていく。

大地が再生していく。

かなり広い範囲の土地が、瑞々しい草花に覆われた。それはとても神々しく美しい光景だった。防人たちが思わず目を奪われ、ため息さえ吐くほどに。

だから、気づかなかった。

地面を覆う美しい緑に目を奪われていたせいで、普段なら気づくであろうその巨大な天敵に、不用意な接近を許してしまった。

「うおおあぁっ!?」

宙を舞ったのはシズクの小さな体。彼女は球体を無数に連ねたような大きな尾に、殴り飛ばされたのだ。

防人たちの前に、凶悪な針を備えた尾を持つ、巨大

な化け物の姿があった。

「スコーピオン・バーテックス……！」

芽吹はその天敵の名を口にした。

星座の名を冠した十二体の一。

蠍座《スコーピオン》のバーテックスは、過去の勇者たちにも甚大な被害を与えたと、大赦神官から聞かされている。

防人たちが抱いたわずかな希望は、一瞬にして絶望へと塗り替えられた――。

楠芽吹は勇者である

Kusunoki
Mebuki
wa YUSHA
de aru

第五話

「月に叢雲、花に風」

国土亜耶《こくどあや》を引き連れ、芽吹たち以外の防人たちは撤退していく。

「シズクも助けて連れ帰る。私の部隊から犠牲は出さない」

防人《さきもり》の銃撃に砕かれて再生途中のスコーピオン・バーテックスを見据えながら、芽吹《めぶき》がその決意を口にする。

「あ――も～～！　わかったよ、じゃあ私も一緒にいる!!」

泣きそうな顔をしながら、雀はそう言った。

「雀《すずめ》は早く壁の方へ向かいなさい。あなたまで危険に付き合う必要はないわ」

「わかってるよ！　危険だってことも、逃げた方がいいってことも！　こんなところにいたら死んじゃう、怖いよ！　でもメブを一人にしておけないじゃない！　盾がいなかったら、誰がメブをフォローするのさ！　それにシズクだって放っておけないし！」

喚《わめ》きながら、雀は盾を構える。

「雀さんの言う通りですわ、芽吹さん。あなたとシズクさんを放ってはおけません。犠牲を一切出さないということは、あなただって犠牲になってはいけないのです」

夕海子《ゆみこ》も芽吹に並び、銃剣を構えた。

（悪くないわね……こういうのも）

仲間と共に、仲間を助け、仲間たちを守る――

今回の任務でも、誰かが神の犠牲になるなど、芽吹は絶対に認めない。

◆　◆

シズクの体が宙を舞い、防人たちの顔に絶望が浮かんだ。

出現した異形の存在。

凶悪にして絶対的な人類の天敵。

死と理不尽を凝縮して具現化した化け物。

星座の名を冠する――バーテックス。

盾の壁の内側にいる防人たちは、盾の隙間から見える巨体に驚愕する。盾の壁の外で星屑たちと戦っていた防人たちも、その化け物に戦慄する。

スコーピオン・バーテックスを前にして、芽吹を含

めてすべての防人たちが硬直してしまった。

　最も早く硬直から脱したのは、生存本能において抜きん出た雀だった。

「ぎゃあああ――!!　助けてメブぅぅ――!!　バーテックスがっ、出た――っ!!」

　盾の壁の内側から雀の絶叫が響く。

　その声のおかげで芽吹は我に返った。思考停止に陥っている暇はない。敵は防人ではまったく太刀打ちできない強大な存在。一瞬の判断の遅れが命取りになる。

「どうしよう!?　どうしよう、メブ!?　バーテックスだよぉ!」

　泣き叫んでいる雀を、芽吹が一喝する。

「落ち着きなさい、雀!　あれは完成体のバーテックスじゃない!」

　完成体バーテックスは十二体とも、既に当代の勇者たちに撃破されたと聞いている。バーテックスは何体でも何度でも生み出されるが、完成体が生み出されるまでには時間がかかる。まだ完成体が生まれるには早すぎるはずだ。

　ゆえに今、目の前にいる化け物は、以前に出現したサジタリウス・バーテックスと同じく、内部に核を持たない未完成体だろう。

　だが、それでも防人たちにとっては脅威である。

　スコーピオンは巨大な尾を振るい、防人たちを薙ぎ払おうとする。

「護盾《ごじゅん》隊!!　攻撃に備えて!!」

　芽吹の声と同時に、護盾型防人たちは自らの盾を強く持ち、攻撃の衝撃に備える。

　だが、敵の力は圧倒的だった。

　尾の一振りで盾の壁はあっさりと崩壊し、護盾型防人たちは弾き飛ばされる。盾の守りがなくなると、中にいた防人たちと亜耶の姿が剥き出しになった。

(まずい……っ!!)

　亜耶がスコーピオンに狙われれば、攻撃を避けることもできずに一瞬で殺されるだろう。凶悪な尾針に刺し貫かれる巫女の姿が芽吹の頭によぎる。

　スコーピオンの尾が、亜耶に狙いを定めた。

「――誰も死なせないっ!!」

　尾針が亜耶を刺し貫くより速く、芽吹が彼女を押し倒すようにして庇《かば》う。ギリギリで尾針を避けることができた。

「あ、ありがとうございます、芽吹先輩」

亜耶は助けてもらったお礼を言うが、これは判断ミスだと芽吹は唇を噛んだ。二人とも地面に倒れてしまったら、亜耶を起き上がらせて逃げるより先に、尾針の二撃目に殺される。

「メブが死んだら、誰も私を守ってくれなくなるじゃないか――!!」

叫び声と共に、雀が泣きながら亜耶と芽吹の前に立った。

「雀……!」

「怖い怖い怖い怖い! 来た――っ!!」

二撃目の尾針は、亜耶と芽吹ではなく、その前に立つ雀に襲いかかった。

「ここだ――っ!!」

雀は前方にヘッドスライディングのように飛び込んだ。雀の頭のほんの少し上を、紙一重で尾針が通り過ぎる。針は避けたものの、雀は地面に顔から突っ込んだ。

「ふぎゃっ!」

情けない声を漏らす雀。地面が植物に覆われていない灼熱状態のままだったら、顔面に大火傷を負っていたところだ。

雀は最悪のパターンをいくつも想像し、その中から最も生存確率が高い方法を本能的に選び出す。彼女は『盾で正面から尾針を防いだ場合、盾ごと貫かれる』と予想した。そして取れる行動の中で最も生存確率の高いものが、この前方飛び込みだったのだ。

雀はすぐに起き上がる。目の前には尾針の三撃目が迫っていた。

「わあああっ!」

雀は盾を構え、そして尾針が盾に当たる瞬間、わずかに後ろに跳躍。同時に盾の角度を斜めにする。尾針は攻撃の威力を逸らされ、雀は三撃目の攻撃も回避できた。

「次は死ぬ! もうダメだ次は死ぬ! 今度こそ死ぬぅぅぅ~~~!!」

そう言いながらも、雀はスコーピオンの攻撃をギリギリで何度も回避し、しぶとく生きていた。生を掴むために必死で逃げる小動物のように。

雀が攻撃を引きつけていたおかげで、芽吹は亜耶を連れてスコーピオンから距離を取ることができた。同時に銃剣を持つ防人たちを集め、一斉射撃体勢を取る。

「銃剣隊、狙い！　撃って!!」

防人たちの銃剣から放たれた十数発の弾が、スコーピオンの前方部分――顔を思わせる部分を大きく破壊した。バーテックスに痛覚があるのかは不明だが、尾針の攻撃が止まる。

「芽吹さん、やりましたわ！　このまま一気に――」

「いえ、攻撃は続行しません！　撤退します！」

芽吹の言葉に、夕海子は一瞬不満そうな顔をするものの、すぐに納得の表情に変わった。以前のサジタリウス・バーテックス・モドキで、奴らの恐ろしさはわかっている。多少傷を負わせても、そんなものは焼け石に水なのだ。

（種を使って植物を発生させる実験は成功した。目的は既に達成されている。だったら、あとは全員が生きて帰ることの方が重要！）

スコーピオン・バーテックスの破壊された部分は、次第に再生を始めている。再生が終われば、また防人たちに襲いかかってくるだろう。

「芽吹先輩……」

不安そうな表情を見せる亜耶に、芽吹はできる限り普段通りを装って言う。

「大丈夫よ、亜耶ちゃん。私たちがあなたを守る」

そして周囲にいる防人たちの方を向き、声をあげた。

「撤退を始めるわ！　これより私が持つ指揮権は、私を除く指揮官七人に移行する！　番号二から八の指揮官は、他の防人たちと巫女を率い、必ず全員を生きて壁までたどり着かせること！」

芽吹以外の指揮官型防人七人は、その指示に頷《うなず》いた。

なんらかの理由により芽吹が部隊全体の指揮を執れなくなった場合、他の指揮官型七人が指揮を執ることになっている。その時のために、彼女たちには『指揮官型』という名称が与えられているのだ。

「行動開始！」

芽吹の掛け声とともに、防人たちと亜耶は一斉に壁の方へ向かって走り始めた。亜耶の周囲には常に三人以上の防人たちがつき、星屑の攻撃や奇襲から守れる体勢を取っている。

他の防人たちが撤退を始めても、夕海子は芽吹の傍に残っていた。

「芽吹さん。あなたはどうなさるおつもりですの?」

スコーピオンの攻撃が止まったため、雀も芽吹のところに戻ってきた。

「た、助かったぁぁぁ！　メブ、逃げよう！　すぐ逃げよう今逃げよう真っ先に逃げようよ～!!」

芽吹は首を横に振る。

「私は撤退の殿《しんがり》を務め、スコーピオンから部隊全体を守るわ。それと――」

芽吹はスコーピオンの尾の一撃に吹っ飛ばされ、地面に倒れ伏したままのシズクを見る。

「シズクも助けて連れ帰る。私の部隊から犠牲は出さない」

尾針で刺し貫かれたわけではないから、死んではいないはずだ。しかし自力で動ける状態なのかどうかわからない。

スコーピオンの攻撃を避けつつ、気絶しているシズクを回収する。そしてシズクを抱えながら、部隊の殿でスコーピオンの攻撃から防人たちを守り続ける。途方もなく困難で危険な仕事だ。

しかし、防人たちの被害を最小限にするためには、やらなければならない。

雀は頭を抱えた。

「あ――も～～！　わかったよ、じゃあ私も一緒にいる!!」

「雀は早く壁の方へ向かいなさい。あなたまで危険に付き合う必要はないわ」

「わかってるよ！　危険だってことも、逃げた方がいいってことも！　こんなところにいたら死んじゃう、怖いよ！　でもメブを一人にしておけないじゃない！　盾がいなかったら、誰がメブをフォローするのさ！　それにシズクだって放っておけないし！」

喚《わめ》きながら、雀は盾を構える。

「雀さんの言う通りですわ、芽吹さん。あなたとシズクさんを放ってはおけません。犠牲を一切出さないということは、あなただって犠牲になってはいけないのです」

夕海子も芽吹に並び、銃剣を構える。

「雀……弥勒《みろく》さん……」

芽吹の両隣に、夕海子と雀が並び立つ。

（……いつから、こうなったのかしら……）

共に戦う者がいる。ただ同じ部隊・同じ状況に押し込められた『同類』ではなく、互いを信頼する『仲間』がいる。

悪くない。

これは悪くない、と芽吹は思った。

夕海子は「ふふん」と不敵な笑みを浮かべて言う。

「はるか大昔、豊臣秀吉は『金ヶ崎の退き口』という戦いで殿役を務めて、出世した……んでしたっけね。殿を務めるのも、負傷した仲間を助けるのも、大きな勲功ですわ！」

夕海子らしい言葉に、芽吹は苦笑する。

「じゃあ、まずはシズクを助け出しましょう！」

芽吹がシズクの方へ目を向ける――が、さっきまでシズクが倒れていた場所に、彼女の姿はなくなっていた。

そこから先は、一瞬の間にあまりにも多くのことが起こった。

芽吹たちはシズクがどこに行ったのかと周囲を見回す。同時にスコーピオンが再生を終え、攻撃を再開した。太く鋭い尾針が芽吹たちを狙う。雀が言葉にならない悲鳴をあげる。芽吹たち三人は敵の攻撃を避けるために跳躍しようとした。しかしそれより速く、シズクがスコーピオンの尾に飛び乗り、銃剣の切っ先で尾を突き刺していた。

「このエビ野郎が……！　効いたぜ、さっきの一撃。お返ししてやらねーとなぁ！」

シズクは芽吹たちが助けるまでもなく、自分で意識を回復し、それどころか敵に反撃を始めていた。

「っらあああああっ！」

尾に銃剣の切っ先を突き刺したまま銃弾を撃ち込み、横に斬り裂く。しかし切り落とすまでには至らない。スコーピオンは尾を振り回し、シズクを振り落とす。彼女は空中で身をひねり、危うげなく芽吹たちの傍に着地した。

「シズク～～～！　無事で良かったあああっ！」

雀が泣きながら言うと、シズクは面倒くさそうに彼女を見る。

「汚え顔してんじゃねえ、涙と鼻水くらい拭け。つーか、そんなに俺が生きてて嬉しかったか？」

「だってだって、シズクを抱えて行かなきゃいけなかったら、私が生きて帰るのが絶対難しくなったからああ！　自分で動けるようで良かったよ〜〜！」

「……お前は……。俺のこと心配してんのかと思ったら、結局自分の心配じゃねーか。まぁ、お前らしいか」

次の瞬間、スコーピオンの巨大な尾針が、芽吹たちに向かって突き出された。

「わあああああ!!」

雀の叫び声と同時に、四人はその場から跳躍して針を避ける。直後、バーテックスの尾が横薙ぎに動きを変え、芽吹と夕海子に迫る。

「くっ……!!」

芽吹も夕海子も銃剣を盾にして、尾の直撃は免れたものの、凄まじい威力に吹っ飛ばされ、地面に叩きつけられた。

雀の悲鳴のような声が響く。

「ううっ……」

ギリギリで受け身を取った芽吹だが、反応が遅れていたら全身の骨と肉を砕かれていただろう。

だが、止まっている暇はない。すぐさま立ち上がり、追撃の針を跳躍して避ける。

「こっちもいるって忘れんなよ！」

シズクが銃でスコーピオンを狙撃する。防人の銃剣の弾では、バーテックスに少し傷をつける程度がせいぜいだ。しかしそれでも、芽吹たちに迫る尾の攻撃を逸らすくらいの威力はある。

芽吹たちは再び四人で一箇所にまとまる。

「うう……さっきの一撃、効きましたわ……」

直撃ではなかったものの、芽吹も夕海子もダメージは大きい。特に夕海子は受け身を失敗したのか、肩を手で押さえて苦痛に顔を歪める。

「とにかく、あのシッポの針が怖いよ！　一度でも刺されたら絶対死ぬ！」

涙目で言う雀に、夕海子も忌々しげにスコーピオンを見る。

「そうですね、あの針さえなければ、かなり楽になるのですが……」

「──私が斬り落とすわ。あの尾と針を」

「楠《くすのき》。できるのか？」

「ええ、できると思う。あなたたちが協力してくれれば」

芽吹は自分のやろうとしていることを三人に話す。芽吹の実力を信じ、彼女たちはそのやり方に納得した。

「じゃあ……行くわよ」

スコーピオンは芽吹たちの考えなど気にもせず、尾を容赦なく伸ばして針を突き出してくる。

「今回だけだからね！　もうこんな危ない真似、二度と絶対しないんだからぁぁ～～!!」

叫びながら雀が盾を使い、スコーピオンの尾針を受け流す。

その瞬間、スコーピオンの尾は芽吹たちに接近している。絶妙なバランス感覚と動体視力があれば、尾に飛び乗ることが可能だ。先ほどシズクがやったように。

芽吹はスコーピオンの尾に飛び乗った。

（さっきのシズクみたいに、ただ攻撃しても、この銃剣じゃ尾に大きなダメージを与えられない。けど――）

スコーピオンの尾は球体がいくつも連なったような形をしている。芽吹はその接続部分を銃剣の刃で斬りつけた。球体の接続部分は、球体そのものよりも細く、切れやすいはずだ。

それでも一撃で切断することはできず、芽吹はスコーピオンの尾の接続部を二度、三度と斬っていく。敵は尾を凄まじい勢いで振り回した。芽吹は立っていることができず、地面に叩き落される。

「ぐっ……！」

硬い地面に体を叩きつけられる衝撃に顔を歪める。しかし、一度では諦めない。根気と反復こそ、芽吹の信条だ。すぐさま立ち上がり、雀のところへ戻る。

「雀、もう一度お願い!!」

「えええ!?」

再度芽吹を狙い、スコーピオンの尾針が迫ってくる。

「ほ、本当に今回までだから！　こんな危ない真似、もう三度目はないんだからぁぁ～～～！」

雀は盾を使い、またもスコーピオンの尾を逸らし、再びその尾に芽吹が飛び乗る。今度はそう簡単に振り落とされないよう、尾の上に立つのではなく、しがみつくようにする。

芽吹は尾にしがみつきながら、銃剣の刃で削るように尾の接続部を何度も斬りつけた。

振り落とすことはできないと悟ったのか、スコーピオンは尾を曲げ、乗っている芽吹を針で突き刺そうとした。

しかし、シズクと夕海子が銃で針を狙撃し、攻撃を逸らす。

「ったく、この銃の威力がもうちょっと強けりゃ、こんな苦労はしねえんだけどなっ！　針を撃っても逸らすだけが精一杯なんてよ！」

「急いでくださいませ、芽吹さん！　長くは持ちませんわ！」

「わかってる、あと少し！」

シズクと夕海子が狙撃で針の攻撃を逸らしている間に、芽吹は尾の接続部を斬りつけ続ける。

「これで――トドメ!!」

何度繰り返したのか、ついにスコーピオンの尾は半ばから斬り落とされた。芽吹は跳躍して尾から飛び降り、三人の近くに着地する。

地面に何度か叩きつけられたせいで、芽吹も傷だらけになったが、敵の攻撃力はこれで大きく削がれた。

「あとは尾の薙ぎ払いにだけ気をつけて、部隊の最後方を守りながら撤退しましょう！」

「やっと逃げられる～～～!!」

「シッポを斬り落とす役目……わたくしがやっておくんでしたわ!!　また芽吹さんに功績を持っていかれました！」

「おい、ポンコツお嬢！　無駄口叩いてねえで、さっさと行くぞ！」

シズクが夕海子の腕を掴んで引っ張る。四人は先に進んでいる防人部隊の方へ走った。

そして部隊の最後方を守りながら、壁へ向かって進み続ける――。

「芽吹先輩、弥勒先輩、雀先輩、シズク先輩……良かった……良かったです、無事で……」

亜耶は涙目になって芽吹に抱きつく。

芽吹たち防人三十二人と巫女の亜耶は、全員生きて結界内へ戻ってくることができた。

「大袈裟ね、亜耶ちゃん」

「大袈裟なんかじゃありません！　芽吹先輩たちは、

一番危険な殿を守って！　しかも、あのスコーピオン・バーテックスまで出たんですよ！　私がどれだけ心配したか……うぅ……」

亜耶は星屑やバーテックスから最も攻撃を受けにくいよう、撤退中は防人部隊の中心にいた。そこからは芽吹たちがいた最後方は見えない。だから最後方で何が起こっているのかわからず、亜耶は撤退中もずっと不安だったのだ。

芽吹たちは生きて結界内に戻ってきたものの、決して無事ではなかった。体中に擦り傷、切り傷、火傷ができ、流血もしている。

致命的な攻撃力を持つ針は斬り落としたものの、スコーピオンが無力化したわけではなかった。針がなくとも、スコーピオンの巨大な尾は充分な破壊力を持つ凶器だ。振るわれる尾によって芽吹たちは何度も薙ぎ払われ、灼熱の大地に叩きつけられた。それでも、四人は防人部隊本隊に、スコーピオンを一度も近づけなかった。

しかし体中に傷を負っているのは、殿を守っていた芽吹たちだけではない。他の防人たちも、亜耶を守りながら撤退する途中に、大量の星屑たちと交戦することになった。おかげで防人たちは誰もが負傷している状態だ。

しかし——死者はゼロである。

誰一人死なず、今回の御役目も成し遂げた。

芽吹はボロボロになった防人たち全員を見ながら、言う。

「みんな、生きて帰ってくれて、本当に良かった。生きていてくれて……ありがとう」

部隊を預かる隊長という立場など抜きにして、芽吹はこのメンバーが全員無事であったことを嬉しく思う。

大赦がどう扱おうと、防人たちは一人一人が生きている。

決して表舞台に出ることのない者たち。地味で目立たず、しかし苦しく危険な御役目を負わされた使い捨ての道具たち。大赦の連中は防人たちそれぞれの個性だって把握していないだろう。名前を持った花ではない、『雑草』と一まとめに呼ばれる草のような存在。

しかし日の目を浴びぬ裏方でも、一人一人が懸命に生きている。

その生命が失われて良いはずがないのだ。

「何言ってるの。お礼を言うのは私たちの方だよ、楠さん」

指揮官型の少女の一人が、やはりボロボロで、擦り傷ができた顔に笑みを浮かべる。

「私たちが今までずっと生きて来られたのって、楠さんのおかげじゃん。楠さんが私たちを死なせないように、部隊の指揮を執ってくれてたから」

他の少女も明るい口調で言う。

「それに私たちが生き延びれたのは、ちゃんと訓練して、強くなれてたからだしね。強くなれたのは、楠さんがいてくれたおかげだよ。楠さんがすごく一生懸命訓練してるから、それを見て私たちも頑張らないといけないって思ったんだ。この任務が始まる前に言われたことも、響いたしね」

「自分たちの身は自分たちで守らないといけない……本当に楠さんの言う通りです」

そう言ったのは、今回の任務の前、芽吹が訓練中に打ち倒した少女だ。

「大赦の人たちは、私たちがどうなってもいいとか思ってるみたいですし。だったらちゃんと強くなって、生きられるようにしないとって思ったんです」

「楠さんは訓練中も厳しいいし、それに耐えていくのが大変だった。でも、そのおかげで、こうして生きてる」

防人たちは口々にそう言ってくれた。

「……ありがとう」

芽吹はそれ以外の言葉が出なかった。

勇者候補生だった時代も、一般の中学校へ編入した後も、芽吹は孤立していた。芽吹は独りでいることが当然になりすぎていたし、彼女のストイックすぎる生き方についていける者がほとんどいなかったからだ。

この防人部隊の中でも、芽吹とまったく歩調を合わせて隣を歩ける者はいない。だから彼女は、これからも独りで先頭を進み続ける。しかし隣を歩ける者はいなくとも、彼女の背中を見ながら後ろを歩く者ならば
——今は、いる。

三十一人の防人たちが、芽吹の後ろに続いている。

並んで歩む者だけが仲間ではない。

後ろに続く者も、仲間だ。

後ろを歩く者も、芽吹を支えているのだ。

「ありがとう、みんな……」

もう一度、芽吹は『仲間』たちに向かって、そう言った。

芽吹、雀、夕海子、しずくの四人は、大束町にある大赦管理下の病院へ運ばれ、精密検査を受けることになった。

彼女たちは他の防人たちよりも負傷が多く、そして体中に軽度の火傷が見られたからだ。

「……これは……」

病院へ来た女性神官は、芽吹たちの状態を報告されて、わずかに戸惑いの声を漏らした。とはいえ、顔は仮面で隠れているため、心情ははっきりと推し量れない。

これまでの調査任務では、火傷という症状を出した防人は一人もいなかった。

任務中、芽吹は今まで結界外に出た時よりも、強い熱気を感じていた。あれは気のせいではなかったのだ。

結界外の灼熱が、戦衣《いくさぎぬ》の耐熱性能を超えていたことになる。

そして芽吹たち四人は、火傷と負傷が治るまで入院することになった。

芽吹は入院など必要ないと主張した。ベッドの上で寝ている時間があれば、鍛錬すべきだ。一日でも鍛錬を休めば、それを取り戻すのに時間がかかる。勇者になるためには、入院している暇などない。

しかし大赦には聞き入れられなかった。「次の御役目に備えて休息を取ることも必要な任務だ」と告げられた。

休息。

なんと聞き慣れない言葉だろう。

芽吹はベッドの上に横たわったまま、ひどく戸惑っていた。

（休息……って、何をすればいいの？）

今まで張りつめた生活を送ってきた芽吹にとって、『休息』と言えばトレーニングの合間のインターバルしかない。

何もせずに過ごし、身体を休める。それによって英気を養う――そういう考えは芽吹にはなかった。

しかし大赦に休息を命じられている以上、病院を抜け出すわけにもいかない。

芽吹は考えた末――

（よし、この時間をイメージトレーニングと、戦術の勉強のために使おう）

そう決めた。

傍から見れば、それはまったく『休息』などではないだろうが。

芽吹がベッドの上で集団戦の部隊の動かし方に関する本を読んでいると、向かいのベッドにいる夕海子が話しかけてきた。

「芽吹さんは鰹《かつを》のようですわね」

「……は？　鰹？」

芽吹が怪訝そうな顔をすると、夕海子はなぜか得意げな顔をする。

「あら、ご存知ありませんの？　鰹は泳ぐのをやめると死んでしまうのです。芽吹さんはずっと動き続けていないと気がすまないようですから、鰹と同じです」

「いやいや、弥勒さん。女の子に対して、鰹に似てるってどうなのさ？」

芽吹の隣のベッドにいる雀が、呆れたように言った。

芽吹たち四人のベッドは同じ病室にある。

「こ、これは褒めていますのよ！　鰹に似ているとは、素晴らしい賛辞ではありませんか！」

「鰹に例えるくらいなら、ミカンに例える方が絶対いいんだから！」

「どういう張り合い方ですの!?」

「そうでしょ、メブ！　鰹よりミカンの方が嬉しいよね!?」

芽吹は、心底どちらでもいいと思った。

芽吹の斜め横のベッドにはしずくがいる。今は人格が変わり、大人しい方の彼女である。

「……ラーメンの方が。嬉しい」

しずくはポツリとつぶやいた。言い争っている雀と夕海子には聞こえていないようだったが、芽吹にはその微かな声が聞こえた。

「ほらぁ、メブ！　答えてよ！　ミカンと鰹、どっちがいいの!?」

雀はベッドの上に立ち上がって言う。

ちょうどその時、病室のドアが開いて、亜耶が入ってきた。

「ふふ、雀先輩、弥勒先輩。病室の外まで声が聞こえてましたよ」

亜耶がおかしそうに言うと、雀と夕海子は顔を赤くして黙り込む。

亜耶はお見舞いにフルーツを持ってきていた。

「鯉はありませんが、ちょうどミカンだったらありますす。はい、雀先輩、どうぞ」

「ありがとう、あやや〜！　体がミカン不足に陥ってたんだよ〜！」

雀は亜耶から受け取ったミカンに頬ずりする。

「ふん……いいですわ。退院したら、執事のアルフレッドに鯉パーティーを開いてもらいますから。名家・弥勒家にふさわしい優雅なパーティーを！」

「そのお嬢様設定、やっぱり無理があるんじゃないかなー。イマジナリー執事さんとかも」

「だから設定ではありませんわ、雀さん！　わたくしの活躍により、弥勒家が復興すれば……真実となるのです！」


二人のやり取りを亜耶は微笑ましげに見ている。

「それで国土さん、いつになったら退院できるんですの!?　わたくしたちがいなければ、任務もままならないでしょう？」

「メブは任務にいないといけないけど、弥勒さんはいなくてもいいんじゃゃ？」

「雀さん……今日から毎晩、眠っているあなたの目にミカンの汁を吹きかけてあげますわ」

「やめてええ！　ミカン汁、本当に痛いんだよおお！　助けてメブ〜〜〜！」

騒がしい病室だ。

しかしその騒がしさも、不快ではない。

「御役目に関してですが、大赦は次回の実施日に関して検討中のようです。いずれにせよ、芽吹先輩たちが全快しないうちは御役目はありません。今はゆっくり体を休めてください」

「別にもう大丈夫よ。大した怪我じゃなかったから」

「ダメですよ！　怪我や疲労は体に蓄積されていくんです。もし芽吹先輩たちに何かあったら……私は……」

じわりと亜耶の目に涙が浮かぶ。

「あ〜、メブがあややを泣かした〜」

「な、泣かしてない！　わかったわよ、ゆっくり休んでおくから！」

とにかく、次の御役目はまだまだ先になるようだ。

しばらくはこの病室の中で、退屈な時間を過ごすことになりそうだった。


芽吹たちの病室には、毎日誰かがお見舞いに来た。

一番よく来るのは亜耶で、彼女はほぼ毎日、病室を訪れた。

そして三日に一度は、防人たちがぞろぞろと病室にやってきた。

「楠さーん、お見舞いに来たわよー！」

「三十人近くいっぺんに来ると、病室が狭い！」

「ねーねー、あのサソリバーテックスとどうやって戦ったのさ、楠さん？」

「私なんか怖くてちょっと漏らしちゃったのに……マジすごいにゃー」

「はいはい、廊下に並んで〜。一人ずつ部屋に入って。面会は順番にね〜」

しかし大量にやってきた防人たちに対し、芽吹は「見舞いに来ている暇があったら、訓練しなさい」と一蹴した。

身も蓋もない言い方だったが、みんなも芽吹と一緒に過ごしてきて、彼女の性格を理解している。

「あはっ、我が隊の誇るべき隊長らしい言葉だね」

「早く退院して戻ってきてよね。楠さんの厳しい訓練がないと、なんだか物足りないから」

芽吹は少しだけ笑って、彼女たちに言う。

「……すぐに戻るわよ。私自身もあなたたちも、体が鈍ったらいけないからね」


一度だけ、唐突に例の女性神官が病室にやってきたことがあった。

ついに次回の任務の実施日が決まり、その通達に来たのかと、芽吹は身構える。

しかし彼女は、任務については何も話さず、ただ芽吹たち四人の怪我の状態を診たり、体を触診するだけだった。

彼女は四人の容態を診るだけ診て、会話も一切なく、病室を出ていった。

「……いったいなんだったんですの、さっきのは？」

夕海子と雀は困惑顔だ。

しずくは少し首を傾げて、つぶやく。

「…………お見舞い？」

もしかしてしずくの言う通り、彼女なりのお見舞いのつもりだったのだろうか？

（……いや、ないわね。防人を道具としか見ていないあの神官が、私たちを気遣うなんてありえない）

次の任務の実施日を決めるために、芽吹たちの身体の回復具合を見に来ただけだろう。

一週間ほど過ぎたが、未だに大赦から次の任務の通達はない。

そろそろ退院してもいいだろうという話が出てきた頃、お見舞いに来た亜耶が、錠前を持ってきた。

「何、これ？」

芽吹が怪訝そうな顔をする。

少し大きめのサイズの南京錠だった。

「それはですね、芽吹先輩。今、防人の皆さんの間で流行ってるんですよ。旧世紀にゴールドタワーで行われていた、一種の願掛けです。錠前に大切な人同士で名前を書いて、鍵を閉じるんです。そうすると、名前を書いた人たちの絆がずっと続くんだそうです」

「へぇ……」

「もともとは恋人同士で名前を書くものだったみたいですけどね。皆さん友達同士で名前を書いて、タワーの展望台に飾っています。旧世紀の願掛けに使われた錠前はハート型の特別な形だったのですが、そこまでは自作できないので、普通の錠前です」

「おもしろそう！　みんなやってるんだったら、私もやるー！」

横で聞いていた雀が、亜耶の持って来た錠前を受け取り、マジックペンで名前を書き始める。

「加賀城雀……と。はい、次はメブね」

雀が芽吹にペンと錠前を差し出してくる。

「私は……別にいいわよ」

「えー、私だけ書いたら、なんか寂しいじゃん。ほらほら、書いてよ〜」

加賀城雀
楠芽吹
弥勒夕海子
山伏しずく
国土亜耶
山伏シズク

結局、雀に押し切られ、芽吹は錠前に自分の名前を書く。

楠芽吹。

「あら、芽吹さんが書くのでしたら、わたくしも書かざるを得ませんわね」

夕海子もやってきて錠前に名前を書く。

「はい、弥勒夕海子……と。ふふん、弥勒家にふさわしい優美かつ荘厳な字で書けましたわ」

「いや、『弥勒』って字だけなんでこんなに大きく書くの？」

「当然ですわ、雀さん。弥勒家は偉大ゆえ、表記も大きくしなければならないのです」

「……大きすぎて邪魔。消そう」

「やっぱり雀さんの目にミカンの汁を吹きかけてあげないといけませんわね‼」

「や〜め〜て〜‼」

雀と夕海子がベッドで取っ組み合いをしている横で、亜耶も錠前に自分の名前を書く。

「国土亜耶……っと。しずくさんもどうぞ」

ベッドの上で本を読んでいたしずくに、亜耶がペンと錠前を差し出す。

「……私？」

キョトンとするしずく。

「はい、そうです。せっかくですから、みんなの名前を書きましょうよ」

笑顔でそう言う亜耶に、しずくはこくりと頷く。

そして『山伏しずく』と『山伏シズク』という二つの名前を書いた。

「……みんなの。名前なら。……あの子の分も」

そうして六人分の名前が並ぶ。

亜耶は宝石を扱うように、その錠前を大切に手に持つ。

「もし今までの御役目で誰か一人でも欠けていたら、ここに六人分の名前は並んでいませんでした。本当に、奇跡みたいに素晴らしいことです。皆さんが無事で、ここにいてくれること……それが、私は何よりも嬉しいです」

亜耶は目に少しだけ涙を浮かべていた。

六つの名前が書かれた錠前は、亜耶が持って帰った。

タワーで保管しておくのだという。

入院している間の時間は、意外にもあっという間に過ぎていく。

訓練することもできないから、何もすることがなくてイライラするのではないかと、芽吹は思っていた。しかし毎日誰かがお見舞いに来るし、雀と夕海子はしょっちゅう口喧嘩したりしている。

白い病室の中に流れる時間は、案外に騒がしくて、賑やかだ。退屈な時間は、ほとんどなかった。

たった一つ不思議なのは——次の任務がいつ行われるのか、未だに通達がない。

間もなく芽吹たちは退院し、ゴールドタワーに戻ってきた。

「凱旋《がいせん》ですわー！　きっと防人の皆さんも、このわたくしが帰ってくるのを首を長くして持っているはず！」

「うわ騒がしいのが戻ってきたって思われてそう……」

「す～ず～め～さ～ん～？」

雀と夕海子は、仲が良いのか悪いのかわからない。

タワーに入ると、防人の少女の一人が待っていた。

「やー、お帰りお帰りー、皆さん。まぁ何はともあれ、展望台に来てよ」

「展望台？　次の御役目の日が決まったの？」

芽吹の身が引き締まる。女性神官から、次回の任務について通達があるのだろうと思った。

しかし展望台に行ってみると神官の姿はなく、代わりにたくさんのクラッカーの音に出迎えられた。

「お帰りなさい、楠さん！」

「待ってたよー」

「帰還、おめでとー！」

防人の少女たちは口々にそう言う。

芽吹はクラッカーの音に軽い耳鳴りを感じつつ、キョトンとしていた。展望台には、普段はないテーブルが用意され、ジュースやお菓子やケーキなどが置かれている。

「これはいったい…？」

雀、夕海子、しずくも頭に疑問符を浮かべている。

防人たちの中に混じってクラッカーを鳴らした亜耶が、楽しそうに説明してくれる。

「皆さんで、芽吹さんたちが戻ってきたらお祝いしようという話になったんです。この前の御役目で、一番危険な役割を果たしてくれたのですから、そのお礼にって」

「……私はこの隊をまとめる者として、当然のことをやっただけよ」

芽吹は自分に与えられた任務をまっとうしただけだ。特別なことをしたつもりはない。

「それでも、私たちは芽吹さん、雀さん、夕海子さん、しずくさんに、守られたんです」

亜耶の言葉に他の防人の少女たちも頷く。

「さあ、回復祝いに乾杯しよー！」

みんなでジュースを持って乾杯をする。

その後、芽吹たち四人は他の防人たちに、もみくちゃにされるように囲まれた。「バーテックスから守ってくれてありがとう」と言ってくる者や、「楠さんたちってやっぱりすごいよね」と賞賛する者――

勇者という存在に憧れて、ひたすら自分を鍛えることに没頭し始めた時から、芽吹はパーティーのようなものに参加したことがなかった。だから少し戸惑ってしまう。

自己評価の低い雀は、褒められることや大勢の輪の中心にいることに慣れておらず、オロオロしている。

「えっと、えっと、わ、私は逃げてただけだから！メブがいないと死んでたし――！」

一方、夕海子はちょっと得意げに、他の防人たちに語っている。

「名家である弥勒家の娘として、周囲の者を守るのは当然ですわ。これをノブリス・オブリージュというのです」

しずくは相変わらず無口無表情だが、ずっと芽吹の傍を離れずにいる。慣れない状況に戸惑っているのかもしれない。

そして防人の少女の一人が、芽吹の前に来て言った。

「楠さんって、勇者様みたいだよね」

「……え？」

芽吹はキョトンとする。

「だってバーテックスにだって立ち向かっていって、負けてなかったじゃん！　防人はバーテックスと戦えないって言われてたのに、楠さんは戦えてた。そんなことできるのは、勇者様くらいだもん。楠さんは勇者様と同じくらいすごいよ！」

「うんうん、本当、勇者様みたい」

「私もそう思う！」

他の防人の少女たちも、口々に同意する。

「……あ、ありがとう」

芽吹はどう言えばいいのかわからず、咄嗟《とっさ》にそんな言葉しか出なかった。

芽吹たちの退院祝いパーティーは騒がしく終わった。

夜になって芽吹は、今度は一人で展望台にやってきた。祭りの後のような静けさの中で、彼女の胸中にはよくわからない感情が渦巻いている。

恥ずかしいような。嬉しいような。居心地が悪いような。

他人と関わっていく中でしか生まれ得ない感情に、芽吹はまったく慣れていない。感情が落ち着かずに眠れなかったため、こうして展望台まで散歩に来ていた。

展望台の隅には、錠前を掛けておくことができるオブジェが置かれている。

入院中に亜耶が持ってきた、旧世紀の願掛けの錠前が、十数個も掛けられていた。

そしてオブジェの前に、しずくが立っていた。

「しずく？　何やってるの、こんなとこで」

芽吹の声で、しずくが振り返る。

「……これ。見てた」

しずくはオブジェに掛けられている錠前の一つを指差す。芽吹たち六人の名前が書かれた錠前だった。

芽吹もその錠前を見て、苦笑する。

「一つの錠前に六人分も名前を書いたから、ぎゅうぎゅう詰めでちょっと見栄えが悪いわね」

加賀城雀。

楠芽吹。

弥勒夕海子。

国土亜耶。

山伏しずく。

山伏シズク。

他の錠前には、二人か三人分の名前しか書かれていないのに。

「でも。……嬉しい」

しずくは小さな声でつぶやく。

「……もう一人の私を。……受け入れてくれて。ありがとう」

「シズクも防人の一員だからね」

「……楠。聞いてほしいことが。ある……」

しずくは途切れ途切れの口調で話す。

「私の家。あんまり幸せでは。……なかった」

彼女が生まれ育った家庭は、かなり問題のある家だった。両親ともに心が不安定で、些細《ささい》なきっかけで激昂《げきこう》する。そしてしずくはよく暴力を受けた。

「……だから。ずっと静かにしてるように。……した」

感情を表に出さず、何も話さず。そうしていれば、少しだけ両親の怒りがしずくに向くことが減った。

けれど『少しだけ』だ。

親の暴力で傷が増える中、しずくはその環境に耐えられる強い人格を生み出した。

「……それが。シズク」

強くて粗暴な、もう一人の山伏しずく。

彼女がいたから、しずくはつらい家庭環境を生きることができた。しずくにとって、彼女は一番の味方であり友達だ。

けれど、シズクは孤独だった。そもそもしずくの中に生まれた別人格など、一個の人間として存在を認められない。その上、粗暴な性格のために、たとえシズクが表に出ている時でも、彼女は誰とも仲良くなれなかった。

「でも。楠は。受け入れてくれた」

芽吹はシズクに真正面からぶつかって、彼女と和解した。そんなことができる人間は、今までいなかった。

「シズクも。……楠に会えて良かったって。言ってる」

「私も彼女のことは嫌いじゃないわ」

「ありがとう……」

しずくは透き通った瞳で、ジッと芽吹を見る。

「……私も。楠は勇者だと。思う」

昼間、防人たちも言ってくれた言葉。

しずくは芽吹の服の裾を握る。

「……もし。……楠が勇者になっても。……防人の隊長で。いてほしい……」

「……」

このゴールドタワーに来た時、芽吹は「いつまでもここにいるつもりはない」と思っていた。勇者になって、この防人の集団から抜け出す、と。

しかし、今の芽吹は違う。

「そうね、私は必ず勇者になる。この防人隊を率いて、勇者になってやるわ」

次回の任務はまだ通達されない。

日々は続いていく。

怪我から回復した芽吹は、また以前と同じ生活に戻る。厳しい自己鍛錬を重ね、授業を受け、次回の任務に備えて部隊の訓練を行う。

過ごし方自体はまったく変わらないが、芽吹の心情は変わっている。

仲間たちと過ごす時間に、以前には感じなかった温かみがあるような気がした。

このぬくもりを与えてくれる仲間たちを、絶対に失いたくない――強くそう思う。

この日々は、日常は、かけがえのない大切なもの。

国土亜耶が言う、

「私は勇者様に実際にお会いしたことはありませんが、勇者様のお人柄や功績についてはよく聞かされていました」

「三好さんは、私と変わらない人間に見えた……」

「はい、勇者様は普通の人間と変わらない。初代勇者様も、先代勇者様も、戦う能力だけで言えばもっと強い人は他にいたでしょう。ただ……勇者様は、仲間と過ごす日常を何よりも大切にしていたそうです」

「……」

「仲間が大切だから、今の日々が大切だから、それを守るために戦っていたそうです」

「……少しだけ、わかった気がする。私が勇者になれなかった理由」

任務はまだ通達されない。

加賀城雀はバーテックスと戦い、生き残ったことから、防人たちの中での評価が凄まじく上がっていた。

護盾型防人の中では、『雀は隠れた最強防人説』などというものが囁かれるようになる。

「いざとなったら、加賀城さんが守ってくれるよ！」

護盾型防人たちは、そんなことを言うようになった。

「違う！　違――う！　みんななんで勘違いしてるの!?　私は弱いんだから！　本当に弱いからああ！　メブに守ってもらえないと死ぬんだからあああ！　メブ――――！」

しばしば芽吹の部屋にやってきては、雀はそう言って芽吹に泣きついた。


任務はまだ通達されない。


弥勒夕海子は芽吹に対抗し、朝晩の訓練を彼女と一緒にやるようになった。

早朝のランニングと射撃と銃剣術の訓練。夜の基礎体力トレーニングとイメージトレーニング。

「芽吹さん……」

「何ですか？」

ある朝、一緒に走りながら、唐突に夕海子は言い出した。

「わたくしも、芽吹さんは勇者だと認めて差し上げなくもないと思っていなくもないことですわよ」

「……は？」

回りくどすぎる言い方で、よく意味がわからなかった。

夕海子は顔を赤くする。

「ですから！　前に防人の皆さんが言っていたのと同じで……わたくしも芽吹さんは勇者だと思いますわ！」


任務はまだ通達されない。


その日の朝食時、なぜか亜耶の表情が少しだけぎこちなかった。

「どうかしたの、亜耶ちゃん？」

尋ねる芽吹に、亜耶はややぎこちない笑顔で答える。

「なんのことですか？　あ、今日は私、巫女のお勤めで、大赦にお出かけしますね」

芽吹たちには、任務はまだ通達されない。

大赦社殿の一つに、亜耶を含む六人の巫女たちが集められていた。

神官の一人が告げる。その顔は仮面に隠れているが、声が微かに震えている。

「想定外の事態が起こっています。今この時をもって、我々が進めていたすべての計画を中止し——奉火祭の儀を執り行うことが決まりました」

楠芽吹は勇者である

Kusunoki
Mebuki
wa YUSHA
de aru

第六話　泥中の蓮

今日も三十二人の少女たちが壁の上に立っている。

「さすがに真冬ね……空気が冷たい。結界の外は灼熱の世界だっていうのに……。まあ、私たちの任務に季節は関係ない」

芽吹を始めとした防人たちは、戦衣をまとい、壁の外へ向かう。


これは、美しく咲く花ではなく、名も知られぬ雑草たちの物語である。

そして勇者という存在に焦がれた少女が、真の勇者を目指した記録――

◆　◆

神世紀三〇〇年、晩秋。

結界の外に種を植え、橋頭堡《きょうとうほ》を築くという御役目――その一回目が成功し、二回目の御役目を待っていた防人たちに、予想もしていなかった通達があった。

「奉火祭……？」

ゴールドタワーの展望台にて。芽吹を始めとする防人たちは、女性神官が発したその聞き慣れない言葉に怪訝そうな顔をする。

火に奉《たてまつ》る祭り。奉火祭は防人たちではなく、巫女に課せられた御役目だという。

どのような祭りなのかはわからないが、防人たちは『火』と言えば結界外の灼熱を連想する。芽吹の心が、微かな不安にざわめく。

女性神官の隣に立つ亜耶。彼女は俯いていて、表情がうかがえない。

「お、お祭りって、屋台が出たりとか、花火を上げたりとか――」

無理に明るい口調で言う雀だが、言葉は周囲に漂う重い空気に押しつぶされる。

「――なわけないですよね、ごめんなさい……」

雀は頭を下げて口を閉ざした。

そして女性神官は淡々と語り始める。

「奉火祭は、約三〇〇年前にも執り行われた儀式です。歴史上、大赦が行った儀式の中では、最大規模のものの一つ――天の神に赦しを乞うための儀式です」

その言葉は、芽吹にとってあまりに予想外だった。

天の神に赦しを乞う？　今まで人類は天の神に抗うために戦っていたのではないのか。そのために防人は危険で苦しい御役目を果たしていたのではないのか。それがなぜ、赦しを乞うなどということになる？

女性神官は言葉を続ける。

「この儀式が、天の神の怒りを鎮めるために有効であることは、過去に確認されています。西暦の終わり、勇者たちの多くが命を落とし、さらに天の神による攻撃が激化し、人類は滅亡の淵に立たされました。その時、奉火祭を執り行い、天の神に赦しを願った。そして人類・神樹様と天の神との間で講和が結ばれ、人類は四国から外に出ないことを条件に、平和を得たのです」

「講和？　……神と交渉をしたとでも言うんですか。どうやって？」

芽吹の問いに、感情のない神官の答えが返ってくる。

「巫女を壁の外の炎に焚《く》べ、供物としたのです。そうすることで、我々人類の訴えを天の神に届けました」

「な……っ!?」

「巫女は神託により、神樹様と意思疎通をする力を持ちます。しかし神託はあくまで一方通行であり、人間から神樹様へ意志を伝えることは容易ではありません。まして神樹様よりも遠い存在である天の神に、人間の言葉を伝えるためには——命を犠牲にする必要があります」

「生贄《いけにえ》ということですか!?」

「そうです。国土さんは、奉火祭の供物となる巫女の一人に選ばれました」

芽吹と神官のやり取りに、防人たちもざわめく。

だが、困惑の空気の中で亜耶だけは何も言わず、ただ俯いていた。

（生贄？　亜耶ちゃんが？　あの炎に捧げられる——？）

なんだ、それは？

なんだ、その無茶苦茶な——理不尽は？

女性神官の言葉は、なおも続く。

「西暦の終わりに行われた奉火祭により、人類は天の神に赦され、バーテックスは消え、四国の結界内でのみ生存することを認められました。しかし——神世紀二七〇年を過ぎた頃から、再びバーテックスが結界の外で見られるようになりました。そして二九〇年代後半に至り……奴らの侵攻が再開したのです」

　西暦から神世紀の今に至るまでの歴史。

　それを彼女は語り続けた。


　あるいは神世紀二七〇年代、その時に奉火祭を行っていれば、今のような侵攻の再開は起こらなかったのかもしれない。しかしそれも定かではないし、歴史に『もしも』を考えることは無意味だ。

　人類は、天神との戦いの再開を想定していないわけではなかった。むしろ大赦は、いつか必ず戦いを再開させ、奪われた世界を取り戻すと誓っていた。そのために秘密裡に研究を重ね、勇者システムのアップデートを続けてきたのだ。

　約三〇〇年。

　気が遠くなるほどの年月、数え切れないほど多くの人々の努力と血の上に、勇者はついにバーテックスと対等以上の力を得る。その力で、四国を侵攻してきた天の神の尖兵たちを『迎撃』していった。


先代勇者――鷲尾須美、乃木園子、三ノ輪銀。

当代勇者――結城友奈、東郷美森、犬吠埼風、犬吠埼樹、三好夏凜。

　彼女たちの一連の戦いや絆に、大赦と神樹は神世紀における人間の可能性を見い出し、勇者システムをさらにバージョンアップさせることを決めた。

　そして現在。

　大赦の目標は、迎撃の次の段階へと変わる。皆で力を合わせ、国を奪還しよう――それが新たなる目標として掲げられた。

　では、いかに奪還するか？

　大赦が計画したのは、『国造り』という儀式である。

　神樹は土地神の集合体。神樹の一部である土地神の一柱を、旧近畿地方にあった霊山に祀る、という儀式だ。

　神代の時代に、土地神の王が同じことを行った。『吾《あれ》は倭《やまと》の青垣《あをかき》の東の山の上にいつき奉《まつ》れ』。それによってこの国は、豊かに葦が生い茂り、瑞々しく稲穂が実る土地――豊葦原瑞穂国《とよあしはらのみずほのくに》となったのだ。

　人間が神話を模倣することによって、神話と同じ事

象を起こす。そうして結界外の世界を、豊葦原瑞穂国に変化させるのだ。『類感呪術』と呼ばれるものの一種——それが儀式『国造り』である。
　四国外の世界は、天の神によって理を書き換えられ、火の海になってしまったという。ならば国造りによって、再び理を書き換えれば良いのだ。

　女性神官の口調に感情はない。あるいは、あらゆる色を混ぜると灰色になるように、あらゆる感情が混ざりあったがゆえに、それが消えてしまったのか。

「国造りの儀式を行うための準備は、あなたたち防人の活躍もあり、着々と進んでいました。順調だったと言っていいでしょう。邪魔するものがいたとしても、星屑や未完成のバーテックスくらいです。儀式の達成は見えていた——はずだったのです」

　結界外の土壌や炎を調べることは、変質した世界の性質を見極め、国造りによって再書き換え可能であるかを確認するため。

　種を植えて橋頭堡を築くことは、神を霊山へ移すための道を作るため。

すべて『国造り』のための準備だった。

　世界を取り戻すための大いなる計画の一部だった。

「何か妨げとなる要因があったのですか?」

　芽吹の問いに女性神官は頷く。

「誤算が起こりました。結界外での炎が、以前よりも強まっているのです」

「——!」

「楠さんたちならわかるはずです。前回の御役目で結界の外へ出た時、炎は戦衣《いくさぎぬ》の耐熱性能を上回り、あなたたちは火傷を負うことになった。もしこれ以上、炎が強まるようなら、結界ごと四国が飲み込まれる可能性さえある」

「なぜ……そんなことが起こっているのですか」

「巫女の神託によれば、天の神の怒りです。人類が推し進めてきた反抗の計画と、そして当代の勇者が御役目の中で神樹様の壁を壊してしまったこと。壁は四国を守る結界であると同時に、西暦の時代に結ばれた講話——『四国から外に出ない』という誓約の象徴。それを破壊した上に、人類は天の神への反抗を秘密裡に進めていた……その事実が彼らの逆鱗に触れた。今、天の神そのものが、この地に顕現しようとしている気配さえあります」

西暦の時代、天の神による人類粛清が行われた時代でさえ、尖兵であるバーテックスよりさらに上位の、『神そのもの』が出現したことはなかった。

「あなたたちは——なんと愚かなのですか！」

我慢しかねたように、弥勒夕海子が叫ぶ。

自分よりもはるか年上である女性神官を、夕海子は真っ向から罵る。それくらい、彼女は大赦の軽率さに怒りを覚えていた。

『国造り』という儀式のことなど、わたくしたちには何も知らされていなかった。それも腹が立ちますが……最も度し難いのは、あなたがたの計画の杜撰さ！勇者がバーテックスと戦い、防人が結界の外で堂々と活動し、国造りの儀式を性急に推し進めて……なぜ敵の怒りを買わないと思ったのです!?　計画を進めるにしても、もっと綿密に行うべきでしょう！」

「弥勒夕海子さん」

幼い少女の責めを受けても、神官の声に感情の揺らぎはなかった。

「あなたたちから見れば、そう思えるのも当然です。しかしそれも、一面的な見方でしかありません。立場が違えば、物事はまったく異なる見え方をする。我々は、計画を性急に推し進めなければならなかった……神樹様の寿命は、あなたたちが想像する以上に終わりに近いのです」

「……」

夕海子は猪突猛進とはいえ、根本的には聡明な少女だ。それ以上何も言えず、口を閉ざす。

「ですが、我々大赦に油断と驕りがあったことも事実です。人類と天の神が和睦を結び、三〇〇年——箱庭の中とはいえ、平和の時間が長すぎました。天の神によって人類が大量虐殺された時代は遠く隔たり、勇者システムの強化によりバーテックスをも倒せるようになり……天の神に対する脅威の実感が、私たちの中で薄らいでいたのでしょう。我々は神を侮っていた。神世紀初頭の初代勇者と当時の巫女は、大赦の経年劣化を予想し、危惧していたと言われます。彼女たちの予想は、当たっていた」

展望台を沈黙が支配する。

勇者であれば、バーテックスを倒すことは可能だろう。だが、今出現しようとしているのは、バーテックスどころか天の神そのもの。戦っても勝てる見込みは——限りなく薄い。

「結界外の炎は、今後もさらに強まるでしょう。このままでは、四国は結界ごと炎に飲まれてしまう……。今、我々にできることは、天の神に赦しを請い、この世界を保つことです」

「だから生贄を出す……と？」

芽吹は神官を見据え、問う。

「そうです」

防人たちは、ある者は俯いて肩を震わせ、ある者は睨むように神官を見つめている。

理不尽だ。

あまりにも理不尽だ。

防人の少女たちは、誰も納得していない。

だから芽吹は、防人たちの代表として声をあげる。

「なんなのよ、この結末は……？　私たちは、そんな結末のために体を張っていたんじゃない！」

「……結末ではありません」

「え？」

「あなたたち防人の任務によって集められたデータは膨大です。それによって、様々な可能性を模索していくことが可能になりました」

「その可能性の一つが、生贄だと？」

「私たちは奉火祭のその先まで考えています」

「先……？　先ですって……？」

芽吹ははっきりと感じる——こいつは何もわかっていない!!

「先なんてものはないのよ！　犠牲が出た時点で、その先なんてものはない！　犠牲の先に何を計画しているのか、どうせあなたたちは教える気はないんでしょうけど、どんな未来図を描いていようと関係ない！　一人でも犠牲が出た時点で、どんな素晴らしい計画であろうと、それは失敗なのよ！」

「——もう、大丈夫です、芽吹先輩。ありがとうございます」

芽吹を遮ったのは、犠牲にされる巫女だった。

「私は奉火祭に反対しません。嫌じゃないんです。神樹様の、みんなの、お役に立てることがうれしいんです。今まではずっと勇者様と防人のみんなが頑張ってきました。だから、今度は……私たちが頑張ります」

亜耶は笑顔で、そう言った。

奉火祭は一週間後に執り行われると女性神官が告げて、解散となった。

その後、亜耶は大赦からの使者と共にタワーを去った。

彼女は生贄となる。

もう会うことは二度とないだろう。

芽吹は呆然として部屋に戻り、ベッドに身を投げるように倒れ込んだ。

普段ならすぐにトレーニングでも始めるところだが、何もする気が起きない。

無力感。

あまりに大きな無力感が体にまとわりつき、芽吹はもう二度と動くことさえできないように思えた。

(また……無駄だったの……?)

あの時と同じだ――

勇者になるため懸命に努力を積んできても、一言で勇者であることを否定された。それまでの努力はすべて無駄になった。

防人として、一人の犠牲も出さないように努力してきた。だが今、すべての任務は打ち切りとなり、亜耶を犠牲とした奉火祭が執り行われることになった。芽吹がやってきたことは無駄だった。

(全部……無駄なのよ……)

……。

…………。

「ふざけるな……！　私はまだ終わってない……！」

芽吹は歯を食いしばり、重い体に鞭打つようにして身を起こした。

終わらせない。

まだ奉火祭が執り行われたわけではない。まだ亜耶が犠牲になったわけではない。

「まだ終わってない！　終わらせてたまるか！」

芽吹は立ち上がり、部屋を出た。


「雀！」

芽吹は雀の部屋のドアを開け、飛び込むように中に入った。

「な、何?」

「すぐに展望台に来なさい!」

「え? う、うん!」

　芽吹の剣幕に驚きながら、雀はすぐに飛び起きた。

「弥勒さん!」

　弥勒は自室で紅茶を飲んでいた。

「なんですの?」

「展望台に来てください!」

「いいですわよ。あなたでしたら、そろそろ動く頃だと思っていました」

「しずく!」

「……?」

　部屋にいたしずくが、キョトンとして入ってきた芽吹を振り返る。

「展望台に来て」

「……」

　しずくはコクリと無言で頷いた。

　芽吹は他の防人たち全員に呼びかけ、展望台を集めた。

　三十一人の防人たちを前に、芽吹は声をあげる。

「今回の大赦の決定に、私は納得してない! 　みんなはどうなの!?」

　防人たちがざわめきつつ、お互いに顔を見合わせる。

皆、芽吹の問いかけに何を答えるべきか戸惑っている。

　そんな中で声をあげたのは雀だった。

「……納得なんて……してないよ。あややが犠牲になるなんて……」

　雀が俯いたまま悔しさの滲む声で言う、

「あややはね、私が防人になったばっかりの頃、どんなに怯えてても、情けないこと言っても、私のことバカにしなかった。防人の御役目に参加してるだけでもすごいって言ってくれた。すごくいい子なんだよ! 　なんで犠牲にならなきゃいけないの! 　そんなの許せない……でも、大赦はもう決定したって……」

夕海子が言う、

「わたくしは没落した名家・弥勒家の娘です。弥勒家の名前など、もはや多くの人々は知りませんし、知っている者は嘲りの篭った口調で言います――『ああ、あの弥勒家ね』と。特に名家の人間や大赦の関係者は大概そうです。ですが……国土さんは違いました。彼女は弥勒家を、わたくしの誇りを認めてくれました。そんな子が……犠牲になっていいはずがありません」

「……国土は。いい子。……死ぬなんて。いや……」

しずくはポツリと言う。

他の防人たちも、次々と声を上げ始めた。納得なんてできない。亜耶がかわいそうだ。なぜあの子が犠牲にならなければならない……。

国土亜耶という少女が、どれほど防人たちに愛されていたか。

勇者になれなかった落ちこぼれたち。大赦からは使い捨ての駒として扱われる者たち。価値を認められない少女たち――防人。

だが、亜耶はいつも防人たちに真心をもって接していた。彼女たち一人一人の存在を認め、その苦しみやつらさを少しでも背負おうとしていた。防人たちのために、泣き、悲しみ、喜んでくれた。

彼女の存在が、防人たちにとって、どれほど救いになっていたか。

防人たちは誰一人として、亜耶の犠牲に納得などしていない。

「だったら――」

芽吹は防人たちを一瞥し、一際大きく声を張る。

「だったら、私たちで亜耶ちゃんを助ける方法を考え出しましょう！　まだ奉火祭が行われるまで一週間ある！　絶対に何か方法がある！　私は諦めない！　みんなもそうでしょう!?　私が指揮する部隊に、『犠牲』と『諦め』はない!!」

楠芽吹は諦めが悪い。

勇者であることを否定されても、防人という立場を与えられても、勇者になることを諦めなかった。諦めないために、無限の努力を重ねる。

だから今回も――諦めない。

理不尽に対する怒りが、心なき大赦への怒りが、芽吹を突き動かす。

三十一人の防人たちは、隊長らしい彼女らしい言葉に、声を上げて同意した。

　それから防人たちは、夜通し話し合い続けた。

「亜耶ちゃんをどこかに隠しちゃえばいいんじゃないかな？」

「そうそう、私たちの誰かが亜耶を連れ去って逃げるのとか」

「いいえ、それじゃ大赦は、きっと他の誰かを代わりに生贄にする。犠牲は絶対にゼロよ。亜耶ちゃんも、他の誰も犠牲にはしない」

「やっぱり、奉火祭自体を取り止めさせるしかないんじゃ？」

「その場合は、どうやって天の神様の怒りを鎮めるかが問題だにゃー」

「天の神を討ち倒してしまえばいいのですわ！」

「無理無理無理、絶対に死ぬ殺される！」

「犠牲なしで、奉火祭と同じ効果を持つ儀式があれば」

「神事の専門家の大赦が見つけられなかったものを、ボクたちで見つけられるの？」

「可能性は薄いけど、それしか方法はなさそうね……」

「何か資料はない？　どうやって調べればいい？」

「そういうのに詳しいのって、まさに神官か巫女やろうね」

「神官は大赦の手先だから、協力してくれるとは思えない」

「巫女は？　亜耶ちゃん以外の」

「巫女とコンタクトを取る方法は？」

　いくら話し合っても、有効な解決策は出てこなかった。そもそも簡単に見つかるのなら、大赦が既に実践しているだろう。しかし彼女たちは諦めない。亜耶が助かる方法を模索し続けた。

　答えが出ないまま話し合いは続き、夜が明けた。

　芽吹は女性神官の部屋に呼び出された。防人たちがやっている悪足掻きを叱責されるかと思ったが、要件はまったく違っていた。

「先日、結界の外に埋めてもらった種を、回収してほしいのです」

「回収？　なぜですか」

種を回収すれば、取り戻した緑の地は、再び炎に飲まれるだろう。

「あの種も神樹様の恵みの結晶です。回収してお返しすれば、神樹様のお力に戻る。国造りの計画を凍結させた今、結界外に種を残しておく理由はありません。神樹様のお力は、人々の生活を守るために、そして結界を炎から守るために、少しでも無駄にはできないのです」

――あの任務は無駄だったというのか。


そして防人たちは結界の外に出た。

「昔に存在した、とある国の刑務所では、『午前中に穴を掘って午後にそれを埋める』というだけの労働があったそうですわ」

「穴を掘って埋めるだけ？　それってなんの意味があるの？」

夕海子の言葉に、雀が怪訝そうな顔をする。

「意味などありません。無意味なことを繰り返させ、精神と肉体を消耗させるためだけの労働です。今のわたくしたちが、まさにそのような状況です」


無駄。

無意味。

徒労。

芽吹はため息をついた。

（結局は……そうなのかもしれないわね……）

芽吹たちが亜耶を助ける方法を考えているのも、結局は無駄に終わるのだろう。

たった一週間で、大赦が思いつけなかった方法を見つけ出せるはずがない。冷静に考えれば、結果は見えている。だから、ただの悪足掻きにすぎない。

それでも、芽吹は諦めない。

たとえ無駄だとわかっていても、悪足掻きを続ける。

（暑い……）

芽吹は額から流れる汗を拭った。

前回に結界の外に出た時よりも、熱気が上がっている。

天の神の怒り――炎がより強力になっていることを、芽吹はその身に感じた。

星屑の数も、以前よりも増えている。その一群が、芽吹たちに向かって接近してきた。

「銃剣隊、射撃用意！　撃って！」
　銃剣を構えた防人たちが、星屑たちに大量の銃弾をお見舞いする。
　たとえ徒労でも、穴を掘って埋めるだけの任務でも、敵が容赦をしてくれるわけではない。一人の犠牲も出さずに帰るために、気を抜かず戦っていく。

　種を植えた場所はあまり遠くではなかったため、強まった熱気を除けば大きな障害はなかった。

　灼熱の大地の中に、オアシスのように一箇所だけ緑に覆われた地域がある。緑地の端を炎がジリジリと焼き、放置しておけば長くせず、ここも再び炎に飲まれるだろう。芽吹は緑地の中央へ行き、埋まっている種を掘り出して、摩羅《かがみ》に収めた。直後、草花は炎に飲まれ、元の灼熱の大地に早変わりする。

「さて、長居をする必要はないわね。帰りま——」

「ででで出たぁ〜〜っ!!　助けてメブ〜〜〜〜っ!!」

　雀の絶叫が芽吹の言葉を遮った。振り返る。

「——!?」


　油断していたわけではない。脆弱な装備しか持たない防人たちは、いつだって危険に晒されていると、自覚していた。

　しかし、この事態は想定していなかった——バーテックスが三体も同時に出現するなどとは。

　白い布のような器官と膨らんだ下腹部を持つ、乙女座《ヴァルゴ》バーテックス。

　四本の足のようなものを有する異形、山羊座《カプリコーン》バーテックス。

　三本の青いヒレと半円状の棒に守られた、魚座《ピスケス》バーテックス。

　もちろん、正確には奴らはバーテックスではなく、核である『御霊』を持たないモドキだ。それでも、一体だけで防人部隊を壊滅させ得るほどの敵である。それが三体。

「どうしよう!?　どうしよう!?」

「どうしようなんて決まってる！　逃げるのよ！」

　既に種の回収は終わっている。あとは結界内に戻ればいい。

「総員撤退!!　一切の反撃は考えず、逃げることだけに専念して！」

防人たちは壁に向かって走り始めた。

ヴァルゴ、カプリコーン、ピスケス。不幸中の幸い、この三個体には、サジタリウスの矢のような驚異的な速度の遠距離攻撃や、スコーピオンのような一撃で即死をもたらす強力な攻撃方法はなかったはずだ。

壁から遠く離れているわけではない。

逃げ切れる。

逃げ切れるはずだ。

今回も犠牲ゼロで終わらせられるはずだ——

芽吹は壁へ向かう部隊の殿《しんがり》を行きながら、祈るように思う。

次の瞬間、地面が凄まじい勢いで揺れ始めた。

「メメメッ、メメッメッブ〜〜!?　ななっ、何がッ、起こって、てて、るの〜〜!?」

立っていられないほどの激しい揺れのため、雀が声を震わせながら叫ぶ。

芽吹は背後を振り返る。

カプリコーン・バーテックスが、四本の足のような器官を地面に突き刺している。カプリコーンの持つ攻撃方法の一つは——地震。

（まずい、この揺れの中じゃ、まともに走ることも跳躍することもできない……！）

凄まじい大地の揺れによって、防人たちの移動速度が一気に落ちる。

遠くなる。

それほど離れていないと思っていたはずの結界の壁が、遠ざかっていくように思えた。

「銃剣隊、射撃用意!!　カプリコーンを狙って、撃って!!」

銃剣を持つ防人たちは、その場に立ち止まって銃口をカプリコーンに向けた。奴にダメージを与え、この地震を止めさせなければ、逃げ切ることはできない。

芽吹を含め、二十四人の防人の銃剣から、一斉に弾丸が射出された。しかし一、二発程度の弾丸はカプリコーンに命中したが、大半の銃弾はめちゃくちゃな方向へ飛ぶ。この激しい揺れの中では、まともに狙いをつけることなどできないのだ。そして一、二発程度の銃弾では、カプリコーンにはまったくダメージを与えられない。地震を止めさせることはできない。

「銃弾じゃ無理だ！　俺が銃剣で直接、叩き斬ってきてやる！」

「シズク!?　この揺れじゃカプリコーンまで近づけない！　危険すぎる！」

「いいや、俺ならできる」

　シズクは強気な笑みを浮かべる。

「お前は俺に勝ったんだ。そして俺はお前に従うって約束した。だったら、お前の目標は俺の目標だ。犠牲ゼロにするんだろ？」

「シズク……」

「うううおおおぉぉぉぉぉぉ!!」

　シズクは大地を蹴った。

　彼女は宣言通り、凄まじい揺れの中でも、普段とほとんど変わらない速度で駆けていく。

　シズクのその姿に、芽吹は感嘆さえ覚えた。

　芽吹が鍛錬によって力を得た秀才だとすれば、シズクは優れた直感と本能によって生まれつき強い天才である。そして天才の真骨頂とは、あらゆる状況に最短で適応し、最良の行動を取れること。

　卓越したバランス感覚と動体視力によって大地の揺れに自分の身体を適応させ、強力な踏み込みによって一歩一歩確実に進む。そうすることによってシズクは、揺れが歩行に与える影響を最小限に抑えていた。だが、どんな方法であろうと、地震の中で全力疾走をするなど、本来は机上の空論だ。水面を沈まないように走ることと同じくらい、実現不可能な走法。それを彼女は実現させていた。

　シズクは揺れる大地を駆け、カプリコーンに近づいていく。

「足、もらってくぜ!!」

　カプリコーンが大地に突き立てている四本の足。その一本の細くなっている部分を、銃剣の刃で斬った。一撃では切断できず、二度、三度と斬撃をくわえ、ようやく切断する。

　足を一本失ったカプリコーンは、バランスを崩して倒れる。同時に地震が止まった。

「どうよ、やってやっ――」

　シズクは言葉の途中で、白い帯によってふっ飛ばされた。

　バーテックスはカプリコーンだけではない。白い帯の攻撃は、ヴァルゴによるものだった。

羽のように宙を舞うシズク。ヴァルゴはさらに下腹部から卵型の爆撃弾を射出し、シズクを追撃した。

「くっ……！」

シズクは空中で銃剣を構え、爆撃弾を撃つ。銃弾による相殺で、爆発の直撃は避けられたものの、爆風がシズクの体を大地に叩きつけた。彼女は受け身を取ることもできず、灼熱の中に墜落する。

ヴァルゴは大地に落ちたシズクに、立ち上がる暇も与えず、容赦なくさらなる爆撃弾を射出する。今度は一発ではなく、十以上も。

この爆撃に、防人の戦衣の防御力では耐えきれない。シズクは、死ぬ。


（仕方ねえな……けど、悪くない）

目の前に迫る爆撃弾を見ながら、シズクはそう思った。

ひとまずカプリコーンの地震は止めた。これで防人たちは逃げ切ることができるだろう。シズクが死ねば、芽吹の掲げる『犠牲ゼロ』にはならないが、それでも被害は最少で済む。

（頼むぜ、楠。あとはうまく部隊を率いて、結界の中まで逃げろ。楠ならやれるだろ）

死ぬ直前であるせいか、過去の思い出が頭を過ぎっていく。シズクとしずくは記憶を共有しているから、思い出すのは二人分の記憶。しかしそのほとんどが、タワーに来た後の記憶だ。

家庭環境が悪かったせいで、家族のことで反芻したい思い出はない。学校でも友達はいなかったから、やはり思い出は少ない。

ただ、このゴールドタワーに来てからは――

雀と夕海子という騒がしい友達がいた。喋ることが苦手なしずくでも、一緒にいるだけで楽しく幸せになれた。

亜耶という心優しい友達がいた。しずくのことを無口で考えていることがわからないとバカにしたりせず、性格や考えを慮ってくれた。

そして、芽吹。

粗暴で自分勝手なシズクを、真正面から受け止めた。そしてシズクにとっては初めての対等な友達になって

くれた。二人が戦った時、シズクは芽吹が勇者として相応しいとは思わなかったが、芽吹個人のことは嫌いではなかった。

しずくとシズクにとって、彼女らは大切な人たちだ。自分が犠牲になって彼女たちを生かせるなら――それもいいかもしれない、と思う。

ただ一つ、心残りがあるとすれば。

（ごめんな、しずく。お前を守るために俺が生まれたってのに、結局お前を死なせちまうことになって……）

だが、そうはならなかった。

「シズクさん！」

声と共に、シズクと爆撃弾の間に弥勒夕海子が割って入った。

夕海子は銃剣の刃で数発の爆撃弾を斬り落とすが、数が多すぎる。

「弥勒！」

シズクの叫ぶような声を同時に、数発の爆撃弾が夕海子に直撃した。

彼女が盾になったため、シズクには一撃も当たらなかった。だが、その代償はすべて夕海子一人がかぶる。爆発の威力にふっ飛ばされ、彼女の身体はボロ布のように大地に落ちた。

大地に落ちた夕海子の戦衣《いくさぎぬ》の隙間から、おびただしい量の血が溢れ、流れ出ていく。

怪我が大きすぎるせいか、夕海子は痛みも感じず、ただ全身が麻痺したように動かない。戦衣の下は、いったいどれほどの重傷を負っているのか、彼女自身にもわからない。皮膚が破れ、肉が裂け、内臓が壊れていてもおかしくない。

「弥勒！」

「弥勒さん！」

シズクと芽吹が夕海子に駆け寄ってきた。

ヴァルゴは白い帯を振るい、三人を打ち払おうとする。シズクと芽吹は、二人で夕海子を抱え、跳躍して攻撃を逃れた。

「何をやってるんですか、あなたは！」

芽吹が呼びかけてくる。

夕海子はかろうじて意識を保っていた。声を発することさえ容易ではなく、途切れ途切れの言葉で話す。

「犠牲、ゼロに……するんでしょう……でしたら、シズクさ……も……死……せ…げほっ」

夕海子は血を吐いた。もう喋ることさえ難しい。

芽吹とシズクは、夕海子に肩を貸して壁の方へ向かって走る。

地震はなくなったから、逃走に障害はない。きっと壁まで帰りつけるはずだ。

だが、夕海子の怪我はあまりに重すぎる。たとえ壁の中まで戻ることができたとしても、助かるかどうかわからない。

それでも、夕海子は後悔はしていなかった。

夕海子がここで死ねば、大赦の御役目の中で活躍して家名を上げるという、彼女の目標は果たせなくなる。仲間を助けて殉死したことで、多少は賞賛が得られるだろうが、赤嶺家などの名家に並ぶには遠く及ばない。

それでも、夕海子は後悔していなかった。

彼女にとって弥勒家の名前を上げることは、重要な目標だ。そのためなら命を捧げてもいいとさえ思っている。

しかし、もっと大切なものがある。命よりも、家名を上げることよりも、さらに大切なもの。それは弥勒家の娘としての生き様である。かつて多くの人々を救った英雄の末裔であるという使命感。ゆえに弥勒家の娘として、彼女は人を守る。必ず守る。

だから、後悔していなかった。

（そこだけは……芽吹さんと同じでしたわね……）

犠牲ゼロを目指す芽吹。

人を守ると決めていた夕海子。

夕海子は芽吹に突っかかってばかりいたけれど、進んでいる方向は同じだった。だから仲が良いわけでもないのに、二人はいつも傍にいられたのだ。

「芽吹……さ……勇者に、なり……さい……そしたら……傍に……いた……弥勒……名……も……残る……」

夕海子は意識を失った。最後の言葉は、ちゃんと言えていたかどうか、わからない。

大地の揺れが止まったため、防人隊の移動速度は上がった。指揮官型防人たちに率いられた彼女たちは、

既にかなり壁に近づいている。

　防人隊の最後尾から三百メートルほど離れて、芽吹とシズクが夕海子に肩を貸しながら走っている。

「勝手に、託さないでください……！」

　何が、勇者になりなさい、だ。

　何が、そしたら弥勒家の名も残る、だ。

「私は弥勒さんの夢まで背負う気はありません……！　自分の夢は自分で叶えてください！　勝手に死ぬなんて許しませんから！」

　芽吹は叫ぶように言うが、夕海子からは何の反応もない。完全に意識を失ってしまったようだ。

　地震の妨げがなければ、逃走の障害は、時々攻撃を仕掛けてくる星屑たちや、ヴァルゴの白い帯と爆撃弾だけだ。星屑と爆撃弾は銃剣の弾丸で相殺できるし、帯は一撃が大雑把だから避けることができる。逃げるだけならば、大きな問題はない――

　そう思った矢先だった。

　逃げる芽吹たちの足元の地面が盛り上がり、青く巨大な化け物の頭部が出現する。

「ピスケス……！」

　水中を泳ぐ魚のように、地中を潜行する能力を持つバーテックス。地面から出現したその異形は、長い身体を活かして芽吹たちの進む先を塞ぐ。

　前方にはピスケス。後方にはヴァルゴとカプリコーン。

　完全に行き詰まった。

　逃げ道を失った芽吹たちに、ヴァルゴが爆撃弾を射出する。

「メブ――――っ!!」

　叫び声と共に、雀が飛び込んできた。盾を巨大化させ、ヴァルゴの爆撃弾から芽吹たち三人を守る。

「何やってるんだよお、メブぅう！　こんなところで死んじゃダメだよおおお！」

　雀は涙で顔をぐちゃぐちゃにしていた。戻ってくる必要もないのに、他の防人たちと一緒に壁へ向かっていた方が安全なのに、わざわざバーテックスがいるここに戻ってきた。それが彼女にとってどれほど勇気がいることだったか。

「雀、ちょうど良いところに来たわ」

　芽吹は自分が支えていた夕海子の肩を、雀に譲り渡す。

「雀とシズクで、弥勒さんを連れて行って」

「え？」

「おい、楠。何をする気だ？」

「二人は弥勒さんを速く安全に運ぶことだけに集中して。彼女の負傷は、一刻を争う」

「だから、お前は何をする気だって聞いてるんだよ！」

「私が一人で退路を切り開く。みんなを守る。だから、二人は弥勒さんのことをお願い」

芽吹は右手に自分の銃剣を、左手に夕海子の銃剣を握る。

二刀流——

かつて芽吹は、三好夏凜と同じく二刀流の訓練を受けていた。当時、夏凜と並んでトップの戦闘成績を出していた。両手で武器を使う戦い方は、その身に叩き込まれている。

「神の集合体・神樹……神の使い・バーテックス……神に変えられた異界、神に守られた世界……もうたくさんなのよ」

芽吹は二本の銃剣を構え、

「神ごときが人間様を傷つけていいわけがない。殺して良いはずが、ない!!」

灼熱の大地を蹴り、ピスケスに向かって跳んだ。

芽吹を突き動かすものは、怒りである。

人間から世界を奪い去った神。ただただ人間を殺そうとするバーテックス。仲間を守る力がなく、重傷を負わせてしまった自分。人間を生贄にして神に赦しを乞おうとする大赦。死に行く少女が「私は犠牲になれて幸せです」と笑う歪な世界。

あらゆるものに対する怒りである。

芽吹が二本の銃剣を振るう。ピスケスのヒレが斬り落とされた。

今までの戦闘経験の中で、バーテックスの頑丈さも完璧ではないことはわかっている。異形ゆえに、その身体には脆い箇所が存在する。そこをつけば、攻撃力に劣る防人の武器でも、バーテックスにダメージを与えることができる。

「人を舐めるな！　神の使いごときが、人間の邪魔を

01

するなあああ！」

ヒレを斬り落とした後、頭部にある切れ目のような部分に二本の銃剣の先を突っ込んだ。両手を使い、肩が外れそうなほど連射する。

内側から大量の銃弾を撃ち込まれたピスケスは、動きを鈍らせる。食らった損傷を再生させることに意識を取られているのだろう。

その隙にシズクが夕海子を背負い、雀が盾を構えながら、ピスケスを通り抜けて壁の方へ走る。

「ううう っ、うううう〜〜〜〜！　怖いよお、怖いよぉ、殺されるよぉ！」

逃げながら、雀はボロボロと涙を流す。背後に迫るバーテックスたち。今まで御役目の中でバーテックスが出てきたことはあったが、今回は一体だけでなく三体だ。危険の大きさは過去の比ではない。

殺される、今度こそ死ぬ。そう思って雀は泣く。

シズクは夕海子を背負いながら、呆れて言った。

「そんなに怖いんだったら、戻ってこなけりゃ良かったじゃねえか。他の防人たちと一緒に逃げておけば――」

「そんなことできないよぉ！　メブが死んだら嫌だもん、弥勒さんだってシズク様だって死んでほしくないよぉ！　だから怖くても守るよぉ、うわあああん！」

「だから泣くなっての……つーか、様付けはやめろ」

ヴァルゴの爆撃弾が一発、雀たちの方へ向かって来た。

雀は盾を構え、その爆撃弾を防ぐ。

「メブはずっと私を守ってくれてたんだよぉ！　弱い私を守ってくれてたんだよぉ！　私、メブになんのお返しもできてない！　だからせめてメブの目標を叶えるの！　誰も死なせないって！　犠牲ゼロだって！　誰も死なせたくないよぉ！」

実際には芽吹が雀を守り続けていたわけではない。むしろ芽吹が雀に助けられたことも少なくない。しかし雀自身は、ずっと芽吹に守られてきたと思っている。

芽吹がいたから、自分は生きて来られたのだと。

芽吹のおかげで生きていられるのだと、思っている。

しかし雀は、芽吹に何もしてあげられることがない。

雀にはなんの取り柄もなくて、逆に芽吹はなんでも

できる。雀は弱くて、芽吹は強い。だからいつも、雀は芽吹から何かをしてもらうばかり。受け取ってばかり。恩返しできることなんてない。

けれど今、雀は芽吹の『犠牲ゼロ』という目標のために役立てている。

「有り得ないことなんだよ、こんな……！　私がメブのために役立てるなんて！　だったら、頑張るしかないよぉ！」

だから、怖くてもやる。

泣いて漏らしそうなほど怖くても、頑張るのだ。

迫ってくるヴァルゴの爆撃弾が数発。雀は盾で防ぐ。

しかし、それ以上の攻撃は来なかった――

芽吹が敵の襲撃・攻撃を、ほぼすべて防いでいたからだ。

再生したカプリコーンが動き出せば、右手の銃剣の刃で再び足を斬りつける。

その間にヴァルゴが爆撃弾を射出すれば、左手の銃で爆撃弾を撃って相殺した。

爆撃弾を狙撃しつつ、跳躍してピスケスのところへ移動。再生し終えたヒレのような部分を再び切り落とす。

星屑の大群が逃げる雀たちに迫れば、二つの銃剣で二丁拳銃のようにして撃ちまくった。

防人の装備では、バーテックスに大きなダメージを与えることはできない。しかし星屑を倒し、爆撃弾を相殺し、バーテックスの身体を削って小ダメージを与え動きを鈍らせることはできる。そうすることで、雀たちへの攻撃を防げるのだ。

（繋がって……いた……）

小学生時代――

父に憧れ、努力を続けたから、勇者候補生になるよう声がかかった。

勇者候補生時代――

二刀流の訓練を懸命に行った。だから今、こうして二本の銃剣を自在に操ることができる。

厳しい体力トレーニングを積んだ。だから今、バーテックス相手に激しい動きで立ち回ることができる。

握力を鍛えた。だから今、頑丈なバーテックスを斬っても、銃剣を取り落としたりはしない。

反射神経を鍛えた。だから今、敵が攻撃を行えば、すぐに対応できる。

集中力を鍛えた。だから今、三体の敵を同時に相手にできる。

防人になってから――

狙撃の練習を重ねた。だから今、星屑やヴァルゴの爆撃弾を正確に撃ち抜くことができる。

銃剣術の練習を重ねた。だから今、強い敵をも斬り裂く技術を手に入れた。

隊長という立場になって周囲の人間に目を向けるようになった。だから今、守るべき仲間ができた。

（全部、『今』に繋がっていた……！　無駄なものなんて……何一つなかった……！）

すべて無駄だったと芽吹が思った勇者候補生時代も。

勇者になるための過程にすぎないと思った防人としての日々も。

生きてきた道程のすべては、積み重ねられて。

仲間を守ることができる『今』に繋がっている。

過去の自分が、今の自分に、バトンを繋げている。


芽吹はたった一人で、三体のバーテックスに一歩も退かず戦い、逃げる三人の仲間を守り続けた。

だが、やがて限界が来る。こんな無茶な戦い方をいつまでも続けていられるはずがなかった。

疲労で集中力が切れた瞬間、地中から飛び出したピスケスが、体当たりで芽吹をふっ飛ばした。同時に、ヴァルゴの爆撃弾が迫る。

避けきれない。

芽吹は死を覚悟した。

防人は弱い。ずっと互角に戦っていても、一瞬のミスで死んでしまうほど、弱い。

だから――

「銃剣隊、構え!!　って――――!!」

それは芽吹の声ではない。

指揮官型、番号二番の少女の声。先に壁へ向かって走っていたはずの防人たちが、いつの間にか戻ってきていた。

射撃体勢を取った少女たちが、芽吹に迫っていた爆撃弾をすべて撃ち落とす。

怪我をした夕海子と、それを背負って運んでいるシズクの周りを、雀と他の護盾型防人たちが盾でガードしている。

「楠さん、勝手に死なないでください！」

「犠牲ゼロを目指すんでしょう！」

「体勢を立て直して！　その間、私たちが援護するから！」

口々に少女たちが言う。

防人は弱い。一瞬のミスで死んでしまうほど、弱い。

だから——

だから、集団で戦う。

全員で力を合わせて、戦うのだ。


芽吹の鬼神のごとき奮戦と、防人の少女たち全員の協力により、彼女たち三十二人はバーテックス三体を相手にして、生き残った。全員が結界の中に戻ることができた。種も回収し、任務は果たされた。

しかし、夕海子の怪我は重傷だった。

彼女はすぐに大赦傘下の病院へ運び込まれ、緊急手術が行われた。


「最善は尽くしたが、生き延びることができるかどうかはわからない」

と医師は言った。

夕海子は集中治療室で様々な機器に繋がれて眠っている。

芽吹は部屋の外で、夕海子が眠るベッドをガラス越しに見つめ続けていた。他の防人たちは全員、多かれ少なかれ負傷していたため、治療を受けて今は安静にしている。

芽吹は一人で、夕海子が目覚めるのを待ち続けた。

「楠さん。あなたもかなりの怪我を負っています。治療を受けて安静にしていなさい」

女性神官はそう言う。

しかし芽吹は、首を横に振った。

「私はここにいます。弥勒さんが目を覚ますまで」

「今、あなたにできることは何もありません。神樹様にお祈りするくらいです。祈ることなら、自分のベッドで休みながらでもできます」

神官の言う通り、医者でもない芽吹には何もできることはない。

そして芽吹は、神には祈らない。夕海子に重傷を負わせたのも神なのだから、神などに祈るはずがない。

「何もできない。神にも祈らない。私がやることは……彼女の傍にいて、心の中で呼びかけ続けることくらいです。そんなこと、なんの意味もないってわかっていますけど……」

「……あなたがそうしたいなら、それもいいでしょう」

神官の口調は、相変わらず無感情だ。

「私は、自分はもっと合理的な人間だと思っていました」

「何を言うかと思えば」

その時、神官の口調に珍しく感情らしきものが浮かんだように思えた。皮肉と苦笑が混じり合ったような。

「あなたはまったく合理的な人間ではありませんよ。偏執的とさえ言えるほどのストイックさと意志の強さ。それは合理性ではなく、理想と精神論で生きている人間のみが持つものです」

神官は芽吹に背を向けて去った。

芽吹は眠り続ける夕海子に、心の中で語りかける。

（目を覚ましてください、弥勒さん。あなたは弥勒家を復興させるんでしょう？　だったら、こんなところで眠っている暇はないはずです。私はあなたの夢を背負ってやるつもりはありませんから……）

その日、芽吹は一睡もせず、夕海子を見守り続けた。

夕海子は目を覚まさなかった。

翌朝、治療を終えた雀、しずく、他の防人たちも集中治療室の前へ来た。

誰もが芽吹と同じように、ただ静かに夕海子を見守る。

二日目、夕海子は未だに目を覚まさない。

防人たちの間に、不安と重い空気が広まり始める。

芽吹はもう六〇時間近くも眠らず、夕海子の帰還を待ち続ける。

三日目。

日が沈み始めた頃。晩秋の空気に茜色が満ちていく中――

弥勒夕海子は目を覚ました。

医師と看護師たちが次々に集中治療室に入っていき、夕海子の容態を確かめる。

その後、芽吹たちも部屋の中に入ることを許された。

夕海子はまだどこかぼんやりしていたが、芽吹の姿を見ると、急に目に生気が戻る。

「あら……我がライバル、芽吹さんではありませんか。心配をかけましたわね。しかしわたくしは、やはりまだ死ぬべき時ではないとゲホッ、ゴホッ、う、ううぅ……」

お腹を押さえて涙目になる夕海子。

「バカなんですか、弥勒さん。まだ意識が戻っただけで怪我も治ってないのに、無理して喋ったら……そうなるに決まってます」

いつもと同じような、夕海子と交わす軽口。

しかし、いつもと違って——芽吹の目から水滴が頬を伝い、夕海子のベッドに落ちた。

「あれ……なんで……？　私……泣いて……」

芽吹は困惑しながら、涙を流す。

「それはあなたが仲間たちに、全身全霊で向き合ってきたからです」

集中治療室に、女性神官が入ってくる。

「あなたが防人の少女たちと過ごしてきた時間。共に築き上げてきた結びつき。全力で向き合ってきたからこそ、あなたにとって彼女たちは掛け替えのない存在になった。『友達』と呼べる存在です。あなたは今、友達のために涙を流しているのです」

「……友達……」

それは勇者を目指し始めた時に、芽吹が不要と断じて切り捨てたもの。

長い長い時間をかけて。

ひどい遠回りをして。

芽吹はそれを手に入れたのだ。

その時、控えめな声が部屋の外から聞こえた。

「芽吹先輩」

声の主は国土亜耶。

生贄になるために去ったはずの少女が、そこにいた。

彼女は少し恥ずかしそうな微笑みを浮かべる。

「……私、戻ってきました」

亜耶が大束町に帰る半日ほど前のことである。

讃州市に住む一人の少女の屋敷に、大赦の神官たちが訪れていた。

『濡羽色』と表現すべき美しい黒髪に、よく整った容貌、女性らしさを充分に備えた身体——まだ十代前半という齢でありながら、その少女は大人びた外見を持つ。容姿のみならず、面貌の表情もまた年齢以上。あるいは彼女自身の人生の過酷さと重みが、彼女をそう見せるのかもしれない。

その少女に対し、神官たちは過剰なまでの敬意を払う。正面から彼女の顔を見るだけでも不遜というのか、彼らは畳に手をつき、平伏したままである。

しかしその過剰なまでの敬意とは裏腹に、神官たちが彼女に話していることは、あまりにも非情であった。彼女の命そのものを天秤にかけているのだ。

「先日、我々大赦は、供物とする巫女を選び出しました。西暦の時代に行われた奉火祭と同様、天の神に捧げる巫女は六人。儀式は既に執り行える体勢になっております」

「そうなれば、六人が犠牲になる……」

「…………」

「でも私が犠牲になれば、私だけの犠牲で済む……」

少女はつぶやくように言った。

神官たちは平伏したまま何も答えない。いと高き者に不要な言葉を吐くことも、また不敬であるがゆえ。

彼らの無言が意味するものは肯定である。また、自らの行おうとしている儀式を決してやめるつもりはない、という意志の表れでもある。

神官たちとて、いたずらに少女に対して残酷な話をしているのではない。むしろこれは、彼女を思っての行動なのだ。

彼女たちに何も伝えていなかったために、かつて悲劇が起こってしまった。だから大赦は、可能な限りのことを彼女らに伝えることにしたのだ。

明敏な少女は、神官たちの意図を汲み取り、そして告げた。

自らを犠牲にするという答えを。

「選び出した巫女たちの御役目を解いてあげてください。私が供物となります。私は壁に穴を開けた時、確かにこう言ったんです。私だけが生贄なら、まだ良か

ったと。そう……私だけなら……」

戻ってきた亜耶が防人たちに囲まれている間に、芽吹と女性神官は病院の屋上で話していた。

「国土さんは御役目を解かれました」

と仮面の神官は告げた。

「奉火祭は取り止めになった……ということですか？」

「いいえ。巫女たちの代わりに、一人の勇者が犠牲となることに志願したのです」

「まさか……三好さん？」

「彼女ではありません」

神官の言葉には、微かに――ほんの微かに、躊躇《ためら》うような間があった。

「犠牲となるのは東郷美森様。以前、神樹様の壁に穴を開けた本人が、自ら責任を取る……と」

「……亜耶ちゃんは犠牲にならなかった……でも、誰かが犠牲になるんですね？」

女性神官は頷く。

芽吹は悔しさで、拳を握りしめた。

誰かが犠牲になっているのなら、それは芽吹の目指す結末ではない。

「防人の御役目は、ひとまず終了となります。今後、また御役目が発生する可能性はありますが、結界外調査と国造りの補佐という任務はなくなりましたから」

「……」

「大赦は、御役目の中で防人に多くの死者が出ると思っていました。ですが……負傷者は出たものの、犠牲はゼロ。よく成し遂げましたね。そしてあなた自身も、昔とはずいぶん変わりました。今のあなたが三好さんと並んでいたら、きっと我々はどちらに銀の端末を受け継がせるか、選ぶことはできなかった」

「ギン？　先代勇者の？」

「そう……御役目を退いた――いえ、バーテックスに殺された勇者です。今のあなたなら、もし端末を受け継いだとしても、きっとあの子は怒らないでしょう」

その言い方は、単なる勇者と神官の関係にしては妙だった。最高位の御役目を担う勇者に対し、神官は敬意と形式をもって接するはずだ。だが彼女の口調は、まるで勇者に長い期間、身近で接してきたような――

「あなたは、三ノ輪銀と個人的な知り合いだったんですか」

「個人的、というほどではありませんね。私は先代勇者のお目付け役で……勇者の御役目以外でも、彼女たちが通う学校の教師でした。ただ、それだけです」

彼女と先代勇者との関係は、芽吹たちと亜耶との関係に似ていたのかもしれない。

ならば三ノ輪銀が命を落とした時、彼女はどのような思いだったのか。

仮面の奥の感情は、推測することさえできない。

「今の楠さんなら、勇者としての御役目も充分に果たせるでしょう。大赦にも、そのように報告しておきます。もし、更なる勇者の補充が必要となった時、あなたがその御役目につけるように」

「その必要はありません。私は勇者にはならない」

芽吹の答えを、女性神官は訝しむ。

「あなたは勇者になることに、強くこだわっていたはずでは？」

「そうですね。今でも勇者になることは、私の目標です。ですが、あなたたち大赦の『勇者』は、私が目指しているものじゃない。犠牲を前提として生きる存在を、勇者だなんて私は認めません」

「…………」

神官はしばらく思案するように無言になり、やがて問いかける。

「あなたは防人の犠牲をゼロにすると──それは人間・楠芽吹としての誓約だと言いましたね？　そして誓約を実現しました。しかし、人類の歴史はすべて犠牲の上に成り立っています。科学、文化、そして人の生命そのものさえも、数限りない屍の上に存在するのです」

「ええ、その通りです」

今のこの四国は、過去の勇者、巫女、名も記録されない多くの人々の犠牲の上にある。

「それがわかっているならば、なぜそこまで犠牲を否定するのですか。少を犠牲にして多を生かすことができるならば、それは悪いことではないはずです」

「あなたは──いえ、大赦は、人類を『全体』でしか見ていない。囲碁や将棋の盤面を見るように、高みから見ているだけ。だからわからない」

芽吹は神官を睨みつける。

『大勢の中の一人』でも、その人には家族がいて、友達がいて、愛する人がいる。たった一人でも誰かが犠牲になれば、その犠牲になった者を愛する人たちは、世界の終わりと同じくらい悲しいんです！　あなたたちはただ高みから見ているだけだから、そんな簡単なことが――中学生にすぎない私でさえわかる、そんな簡単なことがわからない。少を殺して多を生かすなんて選択が、良いはずがないんです！」

初めは芽吹にとって『犠牲ゼロ』は、大赦に自分の力を認めさせるため、そして理不尽な神への反発心ゆえに掲げた目標だった。

だが、今は違う。

亜耶が犠牲になると告げられた時に感じた怒り、悲しみ。

夕海子が一命を取り留めた時に感じた喜び、安堵。

防人や巫女という、名前も記録されないような『大勢の中の一人』でも、個々に生きる人間であり、大切な命だ。

犠牲にしていいはずがない。

たった一人でも、犠牲にしていいはずがない。

芽吹は怒りをそのまま言葉にするように叫んだ。

「最後の最後まで死に物狂いで足掻け！　死に物狂いの努力をしていない人間が、安易に誰かの命を犠牲にするなんて選択をするんじゃないっ!!」

芽吹の言葉を、神官は何も言わず聞いていた。

「あなたたち大赦から与えられる『勇者』という称号など、不要です。私は、私が理想とする勇者を目指し、必ずそれになってみせる」

「――あなたが理想とする勇者とは、なんですか」

「誰一人、犠牲にしない者。犠牲を生まない道を拓ける者こそ、勇者」

「……」

「私は防人を続けます。今の大赦のような、犠牲を前提としたやり方とは違う方法を、探し続けます。場合によっては、大赦の内部に入って、あなたたちの歪なやり方を変えてみせる。そして誰一人犠牲にならない道を、必ず見つけ出します」

芽吹は思う――

それができた時、私は自分を勇者だと認めることができるだろう、と。

大赦から与えられる『勇者』という称号や地位自体に、価値などないのだ。仲間たちと自分自身から、勇者だと認められること。その方がよほど大きな価値がある。

今の芽吹には、彼女を勇者のようだと言ってくれる仲間たちがいる。あとは芽吹自身が、自分を勇者だと認められるようになればいい。そのために、彼女は自分の理想とする勇者――『犠牲を生まない道を拓ける者』を目指す。

「誰一人犠牲にならない道……あなたなら、いつかできるかもしれませんね」

「成し遂げますよ。必ず」

芽吹はそう言うと、神官に背を向けて屋上を出た。

楠芽吹を突き動かすものは、怒りである。

犠牲を前提とした方法を容易に選んでしまう大赦。

人間に犠牲を強いる神。

犠牲を「仕方ない」と受け入れる人間たち。

理不尽な世界に対する怒りである。

そして、もう一つの原動力は――

芽吹は集中治療室の前に戻ってきた。

防人の少女たちは、夕海子の回復と亜耶の帰還を喜び合っている。

加賀城雀。

弥勒夕海子。

山伏しずく。

山伏シズク。

国土亜耶。

たくさんの防人たち。

一人一人、大切な友達。

これからも彼女たちを死なせない。

勇者たちだって死なせない。

誰一人死なせない。

そう、誓う。

季節は移り、冬。

楠芽吹と彼女が率いる防人たちは、今日も戦衣をまとい、壁の上に立っている。

「さすがに真冬ね……空気が冷たい。結界の外は灼熱

の世界だっていうのに……。まあ、私たちの任務に季節は関係ない」

芽吹を初めとした防人たちは、今日も戦衣をまとう。

「さあ、御役目を始めましょう！　今回も犠牲者は出さず、任務を達成する！」

防人たちから返ってくる了解の声。

そして芽吹を先頭とした少女たちは、灼熱の大地へ降りていく——

楠芽吹は勇者である

Kusunoki
Mebuki
wa YUSHA
de aru

特別書きおろし番外編
柳は緑 花は紅
Yanagi wa midori hana wa kurenai

四国を囲む神樹の壁――

その壁の上で三好夏凜と楠芽吹は向かい合っていた。かつて勇者の座を争った二人。夏凜が勇者になることが決定した後から、芽吹は一度も彼女に会っていなかった。ずいぶんと久しぶりの再会だ。

芽吹たちの頭上に広がる冬の空は、冷たい空気に覆われている。しかし一歩、壁の外に出れば、そこは灼熱の地獄となるのだ。

地獄の間際で、かつての勇者候補筆頭の二人は対峙していた。

「……あなたにこんなところで会うとは思わなかった。三好さん」

「そうね……私も」

夏凜は思い詰めた表情を浮かべ、彼女らしい気の強さは影を潜めていた。

◆　◆

街が白く染まっていた。

「わあああ、雪だ！　雪だあああ！　積もってる～～！」

加賀城雀は叫びながらゴールドタワーから駆け出して来た。

「寒～～い！　でも雪だ――――！」

地面を薄っすらと覆う積雪。その上に足跡をつけることを楽しむように、雀は騒ぎながら走る。やたらとハイテンションだ。

大昔、まだ四国以外の地が残っていた時代には、冬になると平野部でも毎日雪が積もる地方もあったらしい。しかし、この国に四国しか残っていない現在、山以外で雪が積もることは滅多にない。

「あらあら、雪程度でそんなに大騒ぎをして。まるで子犬のようですわね。雀のくせに子犬とは」

そう言ったのは弥勒夕海子《みろくゆみこ》。

彼女は今日もゴールドタワーの外に白いイスとテーブルを運び出してきて、紅茶を飲んでいた。

「弥勒さん……寒くないの？」

「わたくしの高貴なティータイムは、寒さごときで阻まれるものではありませんわ」

数年ぶりに平野部で雪が積もったことから明らかな

ように、今年の冬は寒さが厳しい。そんな中、夕海子はわざわざ外に出てティータイムに勤しんでいる。

「何かの修行か罰ゲームなの？」と雀はツッコミたかった。

「雀さんも、子供のようにはしゃぐのではなく、わたくしのように優雅に雪景色を楽しむことが――冷たっ」

言葉の途中で、夕海子の肩に、雀の投げた雪玉が当たった。

「紅茶なんかより雪玉はどう？　弥勒さん」

「す〜ず〜め〜さ〜ん〜？」

柳眉を逆立て、夕海子も足元の雪を拾って球状に固め始める。

すぐに二人の雪合戦が始まった。

「雀、何やってるの、今日の訓練を始めるわよ！　弥勒さんも！」

タワーから出てきた楠芽吹が、厳しい口調で言う。

芽吹の横には今日も無表情な山伏しずくが一緒にいる。

「え〜〜、訓練イヤだよお、メブ〜！　だってもう十二月二十六日だよ！　クリスマス過ぎちゃったんだよ！　冬休みの時期だよ〜〜！」

「私たちは防人という御役目を担ってるの。それに会社なんかは、大晦日まで働いているところもあるでしょう」

「防人のブラック企業化反対〜〜〜！」

神世紀三〇〇年が終わろうとしていた。

芽吹たち防人隊は今もゴールドタワーに留まり、いつか起こるかもしれない出動に備えて鍛錬を続けている。

『国造り』を行うための任務は終わったが、防人部隊は解散になるわけではなかった。依然として四国は危機的状況にあり、また突発的な任務が発生する可能性もあるからだ。

亜耶が奉火祭の生贄を免れた後、世界の状況は目まぐるしく動いているらしい。防人たちに与えられる情報は少ないが、ある程度の状況は芽吹も推測できる。

国土亜耶を含めた六人の巫女の代わりに、勇者・東郷美森が天の神に捧げられた。

その後、他の勇者五人が美森を結界外の劫火から救出した。生贄はなくなり、状況は振り出しに戻ったのだ。

大赦は今後の対策に大騒ぎしているらしい。

だが、芽吹は勇者たちの行動を賞賛したい気持ちだった。

(さすが三好さんたちね……私ができなかったことを、やってのけてしまった)

犠牲なき道を拓ける者こそ勇者――芽吹はそう考えている。

当代勇者たちは美森を助け出し、犠牲なき道を切り拓いた。その結果、状況が降り出しに戻ったとしても、だったらまた新たな道を模索して足掻けばいいだけだ。

「中学校だったら冬休みなんだから、絶対訓練なんかしない！　私は固く心にそう決めた！」

タワーの外で駄々をこねる雀をどうしようかと、芽吹は思案する。①力ずくで引っ張っていく。②訓練しないならもう守ってやらないぞと脅す。③ミカンで釣る。

さて、どれにしようか。一番効果がありそうなのは②だが――

「芽吹さん、皆さーん！」

タワーから興奮気味に、早足で亜耶が出てきた。いいことでもあったのか、頬を上気させ、声も弾んでいる。

「すごいお知らせがあるそうです！　皆さん、展望台に集まってください！」

芽吹たちがタワーの展望台に来ると、他の防人たちも既に揃っていた。展望台には男性の神官がいる。

かつて先代勇者のお目付け役だったという例の女性神官の姿はない。防人たちへの連絡や指示などは、以前は彼女が行っていたのだが、最近はその姿をほとんど見かけなくなっていた。代わりに他の神官がタワーに出入りし、連絡を行っている。

展望台の防人たちが神官へ向ける目には、一様に警戒と反抗心が宿っていた。亜耶が奉火祭の生贄として指名された一件の後、防人たちには大赦や神官への不信感が根付いている。今回もまた何か理不尽な通達をされるのではないかと、どの少女もそう思っているの

だ。

「本日は皆さんに報告があります。現在、大赦内部で、防人という御役目を廃止するよう手続きが進められています」

「……どういうことですか？　私たちは解散ということですか」

　警戒心たっぷりの芽吹の問いに、神官は平然と答える。

「いいえ、この部隊はそのまま残り続けます。ただし、皆さんは『防人』ではなく、正式に『勇者』と呼ばれることになるでしょう」

「——！」

　神官の言葉に、防人の少女たちがざわめき始める。

「まだ少し先の話ではありますが、皆さんの扱いも勇者として相応のものとなり、まとう戦衣《いくさぎぬ》の性能も大幅に向上される予定です。既に皆さんのご家族にも通達されています。ご家族の方々も、誇らしいことだと喜んでいるようです」

　勇者という御役目は、世界を守る最も名誉な立場だ。勇者を輩出した家となれば、今後は名家として扱われ、大赦から特別な援助を受けられる。勇者という御役目は危険もあるが、危険度の高さなら防人も同じ。つまり防人から勇者へ昇格となることには、マイナス面がない。家族も喜ぶのが当然である。

　もちろん防人たちにとっても、名誉であり喜ばしいことだ。防人たちは皆、元勇者候補だが、芽吹のように自分が勇者になれると思っている者はほとんどいない。そんな彼女たちにとって、今回の勇者昇格は夢のような話だった。

　最初は神官の言葉を警戒していた少女たちも、目を輝かせ始める。

「神官さん、それ、本当なの⁉」

　雀は興奮して甲高い声をあげた。

「本当です。もし信じられないのでしたら、ご家族に確認を取ってみてください」

　そこまで言うからには真実なのだろう。

　防人の少女たちは喜んではしゃぎ始める。「やった！」「すごいすごい！」「私たち、勇者様になれるんだ！」——

「……これで弥勒家は勇者を輩出した家として、名前が上がる。よかった……」

夕海子は噛みしめるようにつぶやく。

「やったぁ！　やったよ、メブ！　私たち、勇者になるんだって！　これってすっごいこと——あれ？　メブ、あんまり喜んでない？」

芽吹の表情が硬いことに気づいた雀が、怪訝そうな顔をする。

芽吹は神官の言葉をそのまま素直には受け取れなかった。勇者の力の源は神樹だ。神樹の力が尽きかけようとしている今、勇者を三十二人も追加することなどできるのか？

防人の士気を上げるため、防人の大赦への信頼を上げるために、不可能なことをただ掲げているだけという可能性もある。

しずくが芽吹の服の裾をつかみ、クイッと引く。

「……何か、心配してる？」

芽吹の顔を覗き込んで尋ねてくる。

しずくの問いに芽吹は少し沈黙した後、苦笑して首を横に振る。

「……いいえ。私たちが勇者として扱われるのは、いいことだと思うわ」

今の芽吹は、大赦から与えられる勇者という地位に興味を持たない。しかし、部隊に勇者という地位が与えられれば、大赦は今後彼女たちの命を軽視し、使い捨てにしにくくなるだろう。そして戦衣の性能が上がれば、死の危険は少なくなる。芽吹が目指す『犠牲ゼロ』のためには、その方が絶対にいい。

勇者への昇格という話を聞き、盛り上がっている少女たちの中で、芽吹は声を上げた。

「みんな、聞いて！」

防人たちの注目が芽吹に集まる。

「勇者への昇格は名誉なことだわ。でもまだ正式に勇者になったと決まったわけじゃないし、勇者になった後も今までと同じく危険はつきまとうはずよ。気を緩めず、きっちり自分を鍛えていくことを怠らないように！　勇者になってもならなくても、私たちの部隊から犠牲者は出さない！　絶対に！」

相も変わらず厳格な隊長の言葉に、少女たちは気を引き締めて「了解！」と答える。

「久しぶり——ですね」

芽吹が女性神官に会ったのは、防人たちに勇者昇格が報告された翌日だった。早朝のトレーニングを終えた後、なんとなく立ち寄った展望台に、彼女の姿はあった。

展望台の窓際で大橋の方を向いていた彼女は、芽吹の声に振り返る。

「……この時間はまだ誰も起きていないと思いましたが、そうですね、あなたは夜明け前から自主トレーニングを行っているんでしたね」

「私だけじゃありませんよ。弥勒さんも私と同じメニューをこなしていますし、他にも自主的に朝の訓練を始めた人もいます」

「あなたの影響が着々と広まっているようですね。あなたをこの部隊の隊長にしたことは、やはり間違っていなかった」

相変わらず淡々とした口調だから、褒められているのか皮肉られているのか、わからない。

「最近はタワーに姿を見せていませんでしたが、私たちの監督役から外れたんですか？」

「そうですね。いろいろと、やらなければならないことが増えたのです。しかし、私がいない方が防人たちの精神衛生的にもいいでしょう。防人たちの中には、私を嫌っている者が少なくない」

亜耶を奉火祭の犠牲にすると通達した彼女に対し、多くの防人が今も反発心を抱いている。

「あなたは大赦の決定を伝えただけでしょう」

「それでも、実際に伝達した者が恨まれるものです。伝えられた者からすれば、最も近くにいる憎むべき対象ですから」

「…………」

思えば芽吹も、かつて勇者争奪に敗れたことを伝えられた時、この女性神官を憎んだ。あの決定も、彼女の独断ではなかったのに。

女性神官は自嘲するでもなく悔いるでもなく、淡々と語る。

「それに、なぜお前はその決定に抵抗しなかったのだ、という怒りもあるでしょう。事実、私は国土さんを生贄にするという案に、一切反対しなかった」

「……あなたは、少数を犠牲にして多数を救うことは、正しいことだと言いましたよね」

「ええ」

「それは本当に、あなた自身の考えなんですか？」

「どういう意味ですか、楠さん」

「大赦がそういう信念を持っていることは確かだと思います。でもあなた自身は──大赦とは切り離したあなた個人は、本当に同じ考えをしているんですか？」

「……」

「あなたはいつも感情を見せないようにしていた。個人的な感情や考えを消していた。だから、少数を犠牲にして多数を救うべきという考えも、ただ大赦の意志を口にしただけで、あなた個人の考えは別にあるかもしれない」

かつて先代勇者のお目付け役であり、学校の担任教師だったという彼女。

先代勇者の一人は、人類を守るための犠牲となって命を落とした。

その死に対しても、やはり彼女は、多数を救うための正しい犠牲だったと思っているのだろうか。

「別の考えなどありません。大赦の意志が私の意志です。神官は大赦の一部──手足が脳と異なる意志を持つことがないように、神官もまた大赦と同じ意志しか持ちません」

そう言って女性神官は、芽吹の横を通り、展望台の出入り口へ向かう。

エレベーターの到着を待っている間に、彼女は言った。

「私はもうこのタワーに来ることはないでしょう」

「そうですか」

「この千景殿《せんけいでん》が完成するまでは、ここにいるだろうと思っていたのですが」

「千景殿？」

「大赦内では、このタワーはそう呼ばれています。展望台から、広く風景を一望できるでしょう？　千々《ちぢ》の景色を見られるゆえに千景殿と、上里家《うえさと》が直々に命名したそうです。今もまだタワーは改装中ですが、いずれ完成した暁には、正式に千景殿と改名されるはずです」

上里は名家中の名家であり、乃木《のぎ》と並んで大赦のツートップの一つだと言われる。上里家がそう決めたの

であれば、必ずその名前になるだろう。

そしてエレベーターが到着し、女性神官は展望台を去った。

後に芽吹が他の神官から聞いた話によると、ゴールドタワーの改装は防人用の居住施設と訓練施設を造るだけではないらしい。かつての大橋と同様に、四国の霊的国防装置の一つとなる予定であり、天から迫る敵に対してタワー自体が射出されて迎撃するのだという。

そんな装置を作れるのかと芽吹は呆気に取られたが、バーテックスを四国外へと転送する機能を持っていた大橋も、考えてみればオーバーテクノロジーの産物だ。神樹の力と大赦の技術があれば、千景殿のような装置を作ることも可能なのかもしれない。

とはいえ、その装置が完成するまでは、まだ半年以上かかるそうだ。


女性神官がタワーを去り、十二月三十日。

年末である。

防人たちは五～六人ずつ時期をずらして帰省している。全員がタワーからいなくなってしまうと、突発的な有事の際に、動きが遅れてしまうからだ。だから十二月末の今でも、タワー内にはほとんどの防人が残っていた。

その日、亜耶《あや》は夜明けの時間から、タワー内を動き回っていた。

「ふふ～♪　ふふ～ん♪」

鼻歌を歌いながら、上機嫌にホウキで床を掃いている。亜耶は掃除が趣味で、防人たちが訓練をしている時など、時間が空いた時にはよく施設内を掃除している。タワー内がいつも清潔に保たれているのは、彼女のおかげだ。

ほとんどの防人は、自室の掃除まで亜耶に任せきっていた。実際、彼女の掃除はとても上手く、他人に掃除を任せた時にありがちな、『どこに何が置かれているのかわからなくなる』ということがない。ホコリやゴミはさっぱりなくなり、テーブルやイスはピカピカに磨かれ、布団はふかふかになる。亜耶の掃除は防人たちの間で大人気だった。

芽吹も、初めは亜耶に仕事を押し付けることへの遠慮と、作ったプラモや模型を壊されるのではないかという恐れから、掃除は自分でやっていた。しかし一度亜耶に任せてしまうと、プラモと模型には一切触らず、工作道具やトレーニング器具は使いやすい場所に整理してくれるので、今は毎日彼女に掃除してもらっている。

亜耶にとって掃除は日課だ。しかし、今日はいつもよりもかなり早い時間から掃除を始めている。

亜耶が食堂を掃いていると、毎朝一緒にトレーニングをしている芽吹と夕海子が姿を現した。

「あら、国土さん、お掃除ですの?」

「何もこんな朝早くからしなくてもいいんじゃない?」

「もう今年も終わりですから、今日と明日はタワー全体の大掃除をしようと思っているんです」

そう言われて、芽吹はやっと年末という実感が湧いてきた。

「ああ……年末の大掃除ね。そういえば、そんな時期か。じゃあ、私も手伝うわ」

「いえいえ、大丈夫ですよ! 皆さんは普段訓練なんかで大変ですから、掃除くらい私がやります」

「そういうわけにはいかないわ。ゴールドタワーの施設はほとんど防人が使ってるんだし、私たちも掃除するのが当然よ」

「わたくしも手伝いますわよ! 芽吹さんよりも手際よく、かつ綺麗に掃除して差し上げますわ。弥勒家流の掃除術をご覧に入れましょう!」

夕海子は掃除にまで、芽吹への対抗心を燃やす。

亜耶は遠慮していたが、結局芽吹と夕海子が強引に掃除を手伝い始めた。

他の防人たちも次第に起き出してきて、掃除を手伝い始める。今日と明日は訓練は休みにし、タワーの掃除をしようということに決まった。

「雀さん! なぜ部屋の一角がミカン満杯のダンボールで埋まっているのですか! こんなにミカンがあっても腐らせるだけでしょう! 捨てるかみんなに分けるかなさい!」

「ああ、私の大事なミカン〜〜! うわーん、メブー! 弥勒さんが私のミカンを奪おうとしてるよお! だいたい弥勒さんこそ、食堂の業務用冷蔵庫をカツオ

でいっぱいにしてるじゃん！」
「くっ……俺が表に呼び出されたと思ったら、掃除だと⁉　しずくの奴～～、自分が掃除サボりたいだけじゃねえのか⁉　こうなったら、俺の全力でさっさと終わらせてやるぁぁ！」
「シズク！　ホウキは力任せに振るんじゃなくて、ちゃんとホコリを掃くものよ！　余計に散らかる！」
大騒ぎしながらも、掃除は着々と進んでいった。

冬の陽は落ちるのが早い。

すっかり大束町に夜の帳が落ちた後、やっとゴールドタワーの大掃除が終わった。

「皆さん、ありがとうございました！　今日と明日の二日間かかると思ってましたけど、手伝ってもらったおかげで、今日一日で終わりました」

タワーと訓練施設各所の掃除が終わり、食堂に集まった防人たちに、亜耶がペコリと頭を下げた。

「うう、掃除って体力使うんだね……」

すっかりへばってしまった雀は、テーブルに突っ伏している。しずくもイスに座ったままコクコクと頷く。

最初はシズクの人格が表に出ていたが、途中で疲れたのかしずくに交代してしまった。

他の防人たちも一様に疲労の表情を浮かべていた。

「この程度でへばるとは、皆さん、掃除をやり慣れていない証拠ですわね。わたくしは全然平気でしたわ！」

得意げに言う夕海子に、雀はジト目を向ける。

「弥勒さ～ん、掃除をやり慣れてるみたいな庶民的な発言、お嬢様って設定に矛盾しませんかぁ？」

「……はっ⁉　いえ、わたくしも掃除をやり慣れているわけではありませんが、ただ鍛え方が違うから体力が……って、設定ではございません！」

それにしても、これだけ大変な大掃除を、亜耶が一人でやろうとしていたことに芽吹は驚く。今日明日の二日間かかる予定だったということは、亜耶一人でも二日かければ終わらせられたのだろう。事実、亜耶は防人たちに比べて体力もないはずだが、誰よりも手際よく動き、今もそれほど疲れている様子は見えない。

「今日で大掃除が終わったおかげで、明日は時間が空きましたね……」

亜耶は何をしようかと考えるようにつぶやく。

「まあ、私たち防人は、普段通り訓練ね」
「えええ!? 大晦日まで訓練なんてヤダよう、メブ～! あやや、ほら、何かやることがあったんじゃない!? 掃除じゃなくても、何か!」
「え、ええっと、そうですね……だったら、明日はお餅やおせちを作って、本格的に年越しの準備をしましょう」

翌日、芽吹たちは年越し用の買い物のため、イネスへ行くことにした。大束町のイネスはちょうどゴールドタワーと駅との中間にあり、徒歩で十分ほどの距離だ。

防人たちは、申請を出して受理されれば、外出を許される。芽吹が毎朝町内をランニングしているのも、夕海子が臨海公園でお茶をしているのも、申請を出して受理されたものだ。買い物などのために外出することも、申請すれば特定の曜日や日時に限り、許可される。防人たちの行動を常に把握しておくために申請形式にしているのだろう。

出かける前、ちょっとした問題が起こった。亜耶は普段、一日中タワーにいて、ほとんど外に出ることがない。そしてタワーの中では、ずっと巫女服で生活をしている。そのため、服を巫女服とパジャマしか持っていなかった。

さすがに巫女服でイネスに買い物に行くわけにはいかない。目立ちすぎてしまう。もし騒ぎにでもなれば、大赦もいい顔をしないだろう。

仕方ないので、芽吹が自分の服を亜耶にあげて、着せることにした。

身長差があるので、かなりダボついてしまったが、亜耶は嬉しそうにそれを着ていた。

「ありがとうございます。大切にしますね、芽吹先輩」
「大げさね。サイズも合ってないし、ただの一時しのぎよ。ああ、そうだ。イネスで亜耶ちゃんの服も一緒に買いましょう」
「いえ、私はこれがいいです」

と、上機嫌に言う。

亜耶が気に入ったのなら、それでいいかと思う。

芽吹たちは幾つかのグループに分かれて、買い出し

をすることにした。おせちなどの食材を買いに行くグループ、縄飾りや門松を買いに行くグループ、餅米と餅つき機を買いに行くグループ、などだ。

芽吹、亜耶、雀、夕海子、しずくは、食材買い出し班となった。

イネスは年末の売りつくし大セールが行われており、人で溢れていた。

「ぎゃー！　人波に押し流されそう～！　助けてメブ～～！」

「亜耶ちゃんは迷子にならないよう、私の手を握ってて」

「はい！」

亜耶が芽吹の左手を握る。

「はぐれてしまいそうな人は、わたくしの手を握っていてもいいですわよ」

「私はメブがいいー！」

雀が芽吹の右手を取る。

しずくも、無言で芽吹の服の裾を握った。

夕海子は少ししょげた顔をしていた。

「ま、まあ別にいいですわ。わたくしは何者にも束縛されることがない、崇高な自由を満喫いたしますから……！」

「待ってください、弥勒さん！　このままじゃ私が動きにくいので、弥勒さんに先導してもらっていいですか。この人混みなので、私たちの先頭で進んでもらえると、かなり動きやすくなるので」

夕海子はにっこりした。

「そこまで言うなら、いいですわよ！　隊の先頭に立つ名誉、この弥勒夕海子が引き受けますわ」

無事に買い物が終わり、タワーに戻った後は、料理ができる人はおせちを作る。できない人は餅つき機で餅を作った。料理ができなくても、餅つき機のスイッチを入れて、できあがった餅を適度な大きさに丸めるくらいのことはできる。

そして夜は、みんなで年越しうどんを食べた。

やがて十二時が近づくと、一部の少女たちはそわそわし始める。どうやら初詣に行く計画を立てているが、深夜だから外出許可が出るか不安らしい。

結局、芽吹が監督役として同行するという条件で外出許可が下り、十人近い人数で宇夫階神社《うぶしな》へ出かけた。

宇夫階神社は大束町の代表的な神社であり、線路を挟んでゴールドタワーと反対側にある。

真冬の夜の空気は冷たく、少女たちの吐く息は白い。

道中、同じく神社へ初詣に向かっている人たちの姿が見える。

「メブ～～、手が冷たい～～！」

雀がはぁはぁと手に吐息を吹きかける。

「手袋をしてきたらよかったのよ」

「後悔先に立たず……そうだ！　こうしたらあったかい！」

雀は芽吹のコートのポケットに、両手を突っ込んだ。

「雀、歩きにくいでしょう！　やめなさい」

「イヤだー、これあったかいもん！」

言っても聞かないので、諦めて芽吹は放置することにした。

「ところで、芽吹先輩は帰省しなくてよかったんですか？」

歩きながら、亜耶が尋ねる。

今年、芽吹は結局、帰省はしないことにしていた。

他の防人たちは順次帰省しているが、芽吹は大束町のゴールドタワーに留《とど》まる。

「隊長だからね。私がいないと、急に何かあった場合、対応できなくなるでしょう」

「でも、ご家族の方は心配されるんじゃないですか？」

「もう慣れてるわよ。お正月に帰省しないのも、三年目だもの」

勇者候補生として施設で訓練を受けていた時も、芽吹は帰省しなかった。年末年始も変わらず訓練を続けていたからだ。

芽吹の家族は父親だけだが、正月に帰省しないことについて何も言わなかった。父も仕事一筋な性格だから、芽吹が勇者になるため、御役目を果たすために努力をしているなら、それで構わないと思っているはずだ。

「……考えてみれば、初詣だって三年ぶりよ。大晦日に餅やおせちを作ったり、門松や縄飾りを用意するのも」

「嫌でしたか？　こういう騒がしいお正月は」

少し不安そうに芽吹の顔を覗き込んで尋ねる亜耶。

芽吹は周囲にいる防人たちを見回す。

芽吹のコートのポケットに手を突っ込んで歩く雀。何も言わず、無表情ながらも、ずっと芽吹のそばにいるしずく。誰よりも早く拝殿でお参りをするために、グループの先頭を行く夕海子。楽しそうに友人たちと話しながら歩いている他の防人たち。

芽吹は柔らかい笑みを浮かべる。

「いいえ、悪くないわ。たまには、こういうのも」

その答えを聞いて、亜耶はよかったと、安堵の表情を浮かべる。

「あの、芽吹先輩。だったら、今年のお正月は帰省したらどうでしょう？　悪くないと思いますよ、たまには、そういうのも」

亜耶の言葉には、いたわるような優しさがあった。

冬の夜風が吹き抜ける。

神社が近づくに連れ、初詣の参拝客たちは増えていく。

芽吹は何も答えないまま、歩き続けた。

やがて道の先に、神社の灯火の光が見え始める。

そして芽吹はやっと答えを出した。

「……そうね、今年は帰ってみようかな。パパも喜ぶかもしれないし」

「……!?」

周囲の少女たちが、一瞬、硬直した。

芽吹はキョトンとする。何かあったのだろうか？

「メブ……お父さんのこと、『パパ』って呼んでるの？」

「……！　い、いえ。『父さん』って呼んでるわ。さっきのは言い間違い。言い間違いだから」

「呼んでる」「呼んでますわね……」「家では、きっと」

「パパって……」

防人たちが小声で話し始める。

芽吹は真っ赤になって反論した。

「ち、違うって言ってるでしょう!!」

結局、芽吹は一日だけ帰省することにし、数ヶ月ぶりに実家へ戻った。

帰ったからといって劇的な何かがあるわけではない。大げさな歓迎があるわけでもなく、父と語り合うことがあるわけでもない。芽吹も父も、口数が多い性格ではないからだ。

ただ、芽吹の防人としての生活は、大赦から報告を受けて父親も詳しく知っていた。だから彼はたった一言、娘にこう言った。

「よかったな、芽吹」

それだけで充分だった。

タワーへと戻る日、玉藻市の駅の本屋で、かつて芽吹が誰かに言われた言葉と同じタイトルの本を見つけた。

『車輪の下』。旧世紀の古典小説だ。

その本を買い、電車の座席に座りながら読み始める。タワーに戻った後も読み続けた。

努力家の秀才少年が、必死の努力の末にわずかな成功を手に入れる。その後は周囲の期待に押し潰され、押し潰され、親友とも別れ、疲弊し、やがて命を落とす。ただそれだけの悲劇。

芽吹は、その少年のようにはならなかった。

芽吹の方が彼より努力をしていたから？

芽吹の方が彼より才能があったから？

違う。そうではない。

（……私には、心を許して、共に歩ける友達がいたからだ……最後まで……）

孤独ではなかった。

芽吹と少年の違いは、たったそれだけのこと。

たったそれだけの幸運だった。

世界の不条理という車輪は、落ちこぼれた者を、あっという間に轢き殺してしまう。けれどその車輪は、多くの場合決して巨大なものではなく、一人しか轢き殺すことはできないのだろう。だから、手を取り合って共に歩いて行く者たちを、殺すことができない。信頼し合える友達と一緒だったら、車輪を押し返し、壊すことだってできるのだ。

そうして年末年始の時間は過ぎていく。

神世紀三〇一年。

防人としての御役目は、まだ発生しないままだった。

やがて一月も半ばを過ぎた頃、防人たちに久しぶりの任務が通達された。

とはいえ、大した内容ではない。

壁外の世界の状態を確かめてきてほしい、というものだ。

　この程度の任務しかないということは、大赦も手詰まりになっているのだろう。

　壁の上には、防人たち三十二人と、見送りにきた亜耶が立っている。

「――さあ、御役目を始めましょう！　今回も犠牲者は出さず、任務を達成する！」

「「「了解！」」」

　戦衣をまとう、芽吹と防人たち。

「必ず、みんな無事に帰ってきてください」

　亜耶の祈るような言葉を背に、芽吹たちは壁から灼熱の世界へと降りていった。

　壁の外を歩き、灼けた土やマグマを羅摩《かがみ》に収めていく。

「やっぱり暑いよ、メブ～～！　焼け死ぬううう～～！」

「結界の外の環境は悪化したままということですわね……。生贄がいなくなったことで、天の神はまた怒っているんでしょうか？　まったく……神のくせに心が狭い」

「ま、確かに暑いが、その代わり敵は星屑しかいねえな。融合したデカい奴とか、バーテックスのモドキが、全然いない」

　時々襲ってくる星屑を、銃弾で撃ち抜き、銃剣で斬り裂く。今の防人たちなら、星屑程度は危うげなく倒すことができる。

　突然、シズクが目を鋭くし、銃剣を構えた。

「――おい、楠！　……なんか、いるぞ」

　芽吹を始め他の防人たちも、シズクと同じ方向に目を向ける。

「人……ですわ」

　夕海子も警戒しながら銃剣を構えた。遠くで、星屑を足場に跳躍を繰り返して移動していく人影が見える。

　防人たちは銃口を人影の方へ向けたまま、緊張していた。結界の外にいるのは、防人を除けば、星屑とバーテックスだけのはずだ。

　双子座《ジェミニ》・バーテックスのような、人の形に近いバーテックスか……？

だが、その人影の正体に、芽吹と雀はすぐに気づいた。

「みんな、銃剣を下げて。あれは敵じゃない」

「うん……勇者の三好様だ」

赤く、左右非対称《アシンメトリー》な戦闘装束。

三好夏凜だった。


土壌のサンプルは充分に確保できたので、防人たちは結界の中へ戻ってきた。

芽吹は他の防人たちと亜耶を先に帰らせ、壁の上で夏凜と二人だけになった。

夏凜の様子がどこかおかしかったからだ。芽吹が知っている彼女は、自分に自信があり、いつも強気で前向きだった。しかし今の夏凜は、思い詰めた表情で、自信も前向きさもすべて削ぎ落とされたようだった。

そもそも勇者である彼女が、なぜ結界の外をうろついていたのか。

「……あなたにこんなところで会うとは思わなかった。三好さん」

「そうね……私も」


やはり気力のない声で、つぶやくように夏凜は言う。

「楠は……今、結界の外を調査する御役目をやってるんだってね。確か、防人っていう」

昔の芽吹だったら、「そうね、あなたに端末を奪われたからね」と、皮肉の一つでも言っていたかもしれない。しかし今の芽吹は、夏凜の言葉を抵抗なく受け入れることができた。

「ええ、そうよ。大赦から聞いてるの？」

「ううん、聞かされてなかった。施設で別れた後、楠が何をしているのかもずっと知らなかったわ。ただ、大赦の事情とかに詳しい友達がいてね。その子に調べてもらって、あんたが防人という御役目に就いてるってことは聞いた」

「そう……」

「本当はもっと早く、私から会いに行くつもりだったんだけどね。でも、楠がどこにいるのかまでは調べられなかった。大赦は、勇者と防人を会わせたくなかったみたい」

「私たちも勇者に会うことを禁じられてたわ」

イレギュラーなケースとして、雀は防人になる前に、

当代の勇者たちと接触したことがある。勇者が讃州中学にいることを雀から聞いた数人の防人は、彼女たちに会いに行こうとした。しかし「勇者様に会いに行く」という理由では外出許可が下りず、それどころか「防人が勇者と接触してはいけません」と強い口調で禁じられた。

　嘘の外出理由を使って勇者に会いに行く者もいなかった。恐らく駅や各道路に大赦の監視の目があるだろうから、どちらにしろ讃州中学へ行くのは不可能だった。

「こういう奇跡的な偶然でもない限り、会うことはできなかった」

「そうね……」

「それで、三好さん……あなたは壁の外で何をしていたの？　勇者の御役目の一環とか？」

「いや、違うわ。まったく個人的な理由よ。壁の外の状態を見ておきたかった」

「……なんのために？」

「何かわかるかもしれないと思って……助けたい奴がいるの……そいつを助けるために」

　夏凜は唇を固く引き結び、悔しさを滲ませる。

　彼女は注意深く言葉を選ぶようにして、芽吹に事情を話した。

　曖昧な説明だったため、正確な事情はわからないが、どうやら三好夏凜にとって大切な友達が、危険な状況に陥っているらしい。

　恐らく、理由は天の神だろう。

　奉火祭は中止になった。

　巫女の代わりに生贄となった勇者・東郷美森は、勇者たちが救い出した。

　天の神の怒りは鎮まらず、神樹の寿命は迫っている。

　その延長線上で、なんらかのトラブルが起こり、友人は危機に陥っているのだろう。

　それ以上の詳しい事情は、夏凜の言葉からは読み取れなかった。わざとわからないように話しているように思えた。

「そいつを助ける方法を、探してて……。壁の外の状況を調べたら、何かヒントが見つかるかもしれないと思って……でも、何もわからなかった」

　自嘲気味に夏凜は言う。

「相変わらず、他人を放っておけないのね。あの頃と同じ……三好さんは甘いわ」

「そうね……施設にいた時も、あんたにそんなこと言われたっけ」

「でも、今ならその気持ち、私もわかる」

「え？」

　直後、突然芽吹が銃剣の刃を夏凜に突き出した。

「──!?」

　夏凜は不意を突かれながらも、紙一重で刃を避けた。

だが、芽吹はそのまま斬り払うようにして追撃する。

　夏凜は瞬時に二本の刀を両手に出現させ、銃剣の刃を打ち払った。

「なっ……何よ、急に!?　どういうつもり!?」

「三好夏凜!!　何をしょぼくれた顔してるのよっ！」

　芽吹は連続で銃剣の刃を突き出し、斬り払う。夏凜も二本の刀を凄まじい速さで振るい、攻撃をさばく。

「このっ……！」

　夏凜は芽吹の攻撃をさばきながら、一瞬で反撃に転じ、刀を振るう。

　芽吹はギリギリでその一撃を受け止めたが、衝撃で銃剣を手放しそうになった。

（やっぱり三好さんは強い……！　技術、瞬発力、膂力……どれも並外れてる。だから──だからこそ──）

　芽吹は夏凜と斬り結びながら、叫ぶ。

「あなたはちゃんと顔をあげて、前を向いてなさいよ！　不敵で、自信満々でいなさいよ！　そんなしょぼくれた顔を──するなっ！」

「何を──」

「あなたは勇者なのよ！　唯一、私に勝った人間なのよ！　そんな情けない顔をするなんて許さない！　そんな顔をするなら、勇者なんてやめてしまえっ!!」

「やめ……るかぁっ!!」

　夏凜は叫ぶと共に、芽吹の銃剣を刀で薙ぎ払った。

銃剣は弾き飛ばされ、地面に落ちる。

　芽吹は武器を失い、眼前に刀の切っ先を突きつけられた。

「私は勇者だ!!　絶対にあいつを救ってみせる！　どんなことをしても、助け出してみせる!!」

夏凜の吼えるような言葉に、芽吹は頷いた。

「そうよ、それでこそあなたよ。……三好さん、私もあなたの友達を助けるためにできることがあれば、なんでも力になるわ」

夏凜は意外そうな顔をする。

かつて他人を助ける甘さを非難していた芽吹が、今は他人を助けるために力を貸すと言っているからだ。

危機に陥っている夏凜の友人が誰なのか、芽吹は知らない。しかし彼女の目標は常に、犠牲を一切出さないことだ。犠牲を出さないためにも、かつて勇者の座を争った旧友のためにも、力になりたいと思う。

昔の芽吹は、他人のために行動する夏凜の甘さが嫌いだった。しかし今は、夏凜の気持ちが痛いほどわかる。今の芽吹には大切な友達がいるから――わかるのだ。

「ありがとう。にしても、急に斬りかかってくるなんて……楠ってさ、いつも怒ってるような気がするわね」

「……そうかしら?」

「そうよ。でも、それがあんたの強さの理由なのかもね」

夏凜はそう言って、芽吹に背を向けた。

「じゃあ私、そろそろ行くわ」

「ええ」

勇者――三好夏凜。

防人――楠芽吹。

勇者と防人は立場が違う。だから、戦場で会うことはないだろう。

しかし、戦う理由は同じだ。誰かを助けるため。犠牲を出さないため。

「あのさ、楠」

背を向けたまま、夏凜は言う。

「いろいろなことが全部解決したら、また会って話でもしよう。その時はゆっくりね。私、よく考えてみたら、楠のこと全然知らないのよ」

「そうね。私も三好さんのこと、全然知らないわ。訓練施設で、けっこう長い間競い合っていたのにね」

訓練施設に入るまで、どうやって生きてきたのか。

二人とも、なぜ勇者になることにこだわってきたのか。

そして今どういうふうに生きているのか。

「ちょうど、楠に合わせたい奴らもいるし」

「誰?」

「とんでもないお人好しで脳天気な奴らよ。そのうちの二人は、あの三ノ輪銀の友達だった」

「……そう、それは会って話を聞いてみたいわね」

端末を受け継ぐ候補だった芽吹や夏凜は、三ノ輪銀に精神性が近いという。銀がどんな少女だったのか、芽吹も知りたい。

「それじゃ、またね」

「ええ、また」

夏凜は壁から飛び降り、去っていく。

その背中を芽吹は静かに見送った。

楠芽吹は勇者である

Kusunoki
Mebuki
wa YUSHA
de aru

楠芽吹は勇者である

Kusunoki
Mebuki
wa YUSHA
de aru

設定画集

Kusunoki Mebuki
wa YUSHA
de aru

楠《くすのき》 芽吹《めぶき》

かつて勇者を志していた、気の強い真面目な少女。努力家で、負けず嫌いな性格。どんなことでもそつなくこなすことができる優等生。

PROFILE

身長	159cm
年齢	14
血液型	B
趣味	日曜大工・プラモデル
好きな食べ物	うどん
大切なもの	自分の誇り

加賀城《かがじょう》 雀《すずめ》

自分に自信の持てない中学2年生。ネガティブな性格で積極的に前に出たがらず、戦闘でも防衛を任される。

PROFILE

身長	152cm
年齢	14
血液型	A
趣味	おしゃべり
好きな食べ物	みかん
大切なもの	自分の命

KAGAJO
SUZUME

弥勒《みろく》 夕海子《ゆみこ》

　プライドが高く、目立ちたがりな中学3年生。弥勒家再建のため努力を怠らないが、ちょっとポンコツ気味。

PROFILE

身長	163cm
年齢	15
血液型	O
趣味	ティータイム
好きな食べ物	かつお
大切なもの	家の繁栄

山伏《やまぶし》 しずく《しずく》

　複雑な家庭環境で育ってきた、口数の少ない子。戦闘時には勝ち気な性格の「シズク」に変化することもある。

PROFILE

身長	156cm
年齢	13
血液型	AB
趣味	なし
好きな食べ物	ラーメン
大切なもの	お互いの自分

国土《こくど》 亜耶《あや》

敬虔な神樹信仰の家で育った中学1年生の巫女。とてもピュアな性格で、芽吹たちのチームの清涼剤的な役割になっている。

PROFILE

身長	147cm
年齢	12
血液型	A
趣味	お掃除
好きな食べ物	うどん
大切なもの	友達

戦衣《いくさぎぬ》

芽吹たち防人が装備する量産型の戦闘用装束。精霊はないものの、壁の外に赴く任務用に耐熱性が高められている。戦衣には能力順に識別番号が割り振れ、01番から08番まで指揮官タイプとなっており、バイザーの形状が異なっている。

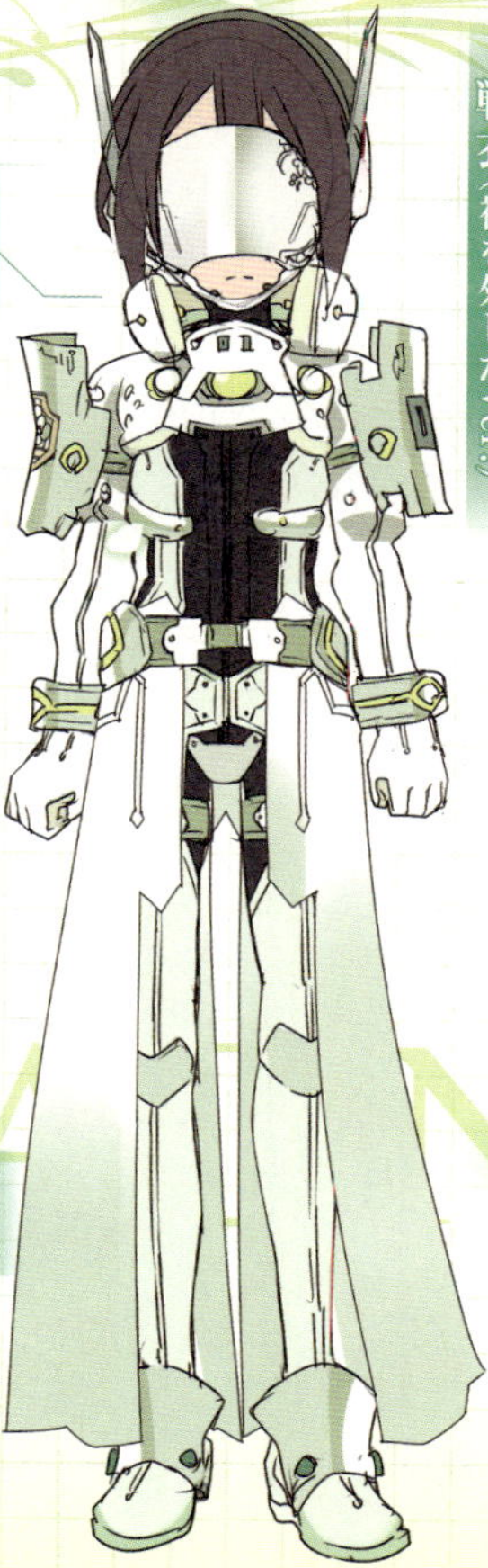

戦衣

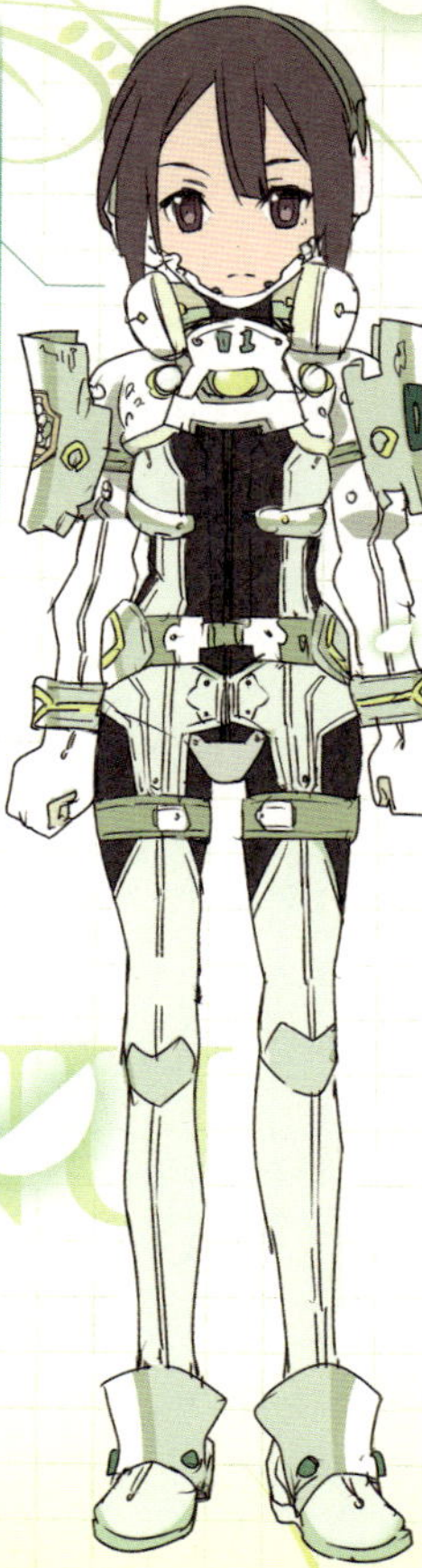

戦衣（裾を外したVer.）

指揮官用腕章

通常タイプ用腕章

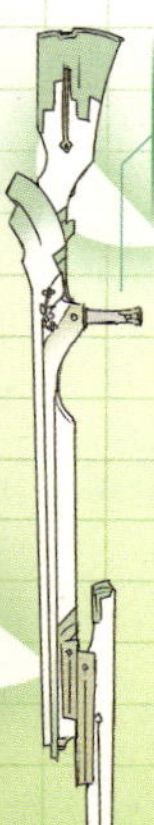

銃剣

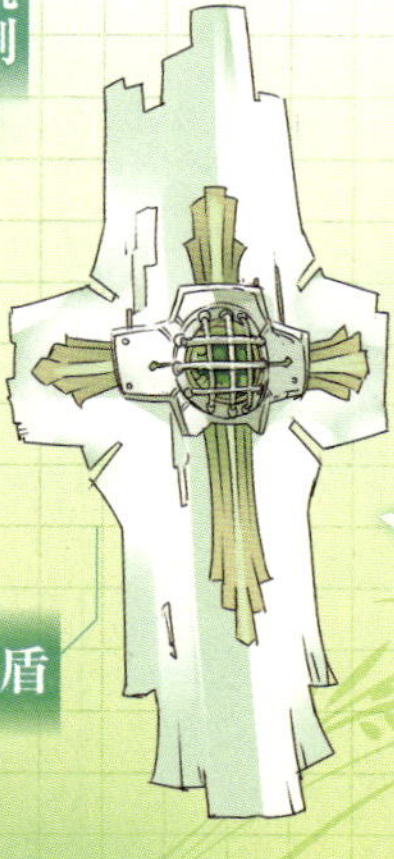

盾

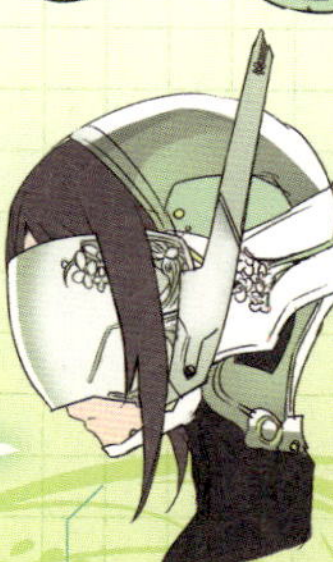

指揮官用頭武装

通常タイプ用頭武装
（バイザーを外したver.）

Kusunoki
Mebuki
wa YUSHA
de aru

楠芽吹は勇者である

企画原案・シリーズ構成

タカヒロ（みなとそふと）

×

執筆

朱白あおい（ミームミーム）

特別対談

Kusunoki Mebuki
wa YUSHA
de aru

――さっそくですが『楠芽吹は勇者である』を書き終えた、今の心境をお聞かせください。

朱白あおい氏（以下、朱白）：『楠芽吹』は最初から全6話での短期間連載が決まっていたので、とにかく1話1話を濃密にしていかなければ、という気持ちが強かったです。各話の分量も多いですし、展開もダイナミックに進める必要がありました。いってみれば『乃木若葉は勇者である』の3分の1以下の内容でキャラクターたちを好きになってもらい、物語にオチまでつけなければいけないわけですから。それだけに、本当に1話1話が大変でした！　その分達成感と、書いてよかったなという気持ちはひとしおですね。書き進めるうちにキャラクターたちに愛着が湧いてきまして、書き手ながらに彼女たちの成長を見られたこと、そして最後までしっかり書き終えられたことが本当にうれしいです。

タカヒロ氏（以下、タカヒロ）：過去の『勇者である』シリーズ作品とは、毛並みの違う境遇のキャラクターたちの話でしたが、短い6話で決着をつけなければならず、プロット段階でかなり考えました。それを朱白さんが見事に昇華させてくださったおかげで、本当にいい作品になったと思います。

朱白：ありがとうございます！　いろいろがんばって書きました。

――ではまず、この作品を書くに至ったきっかけや経緯はどのようなものだったのでしょうか？

タカヒロ：『鷲尾須美は勇者である』と『結城友奈は勇者である』という、アニメとノベライズの連動が以前好評をいただきまして、今回も『結城友奈は勇者である - 勇者の章 -』が動くにあたり、この物語にリンクしたものをやってくれないだろうか、という要望がプロデューサーサイドからありました。そのお話を受けてのことでもありますが、『乃木若葉』が終わり『結城友奈は勇者である - 鷲尾須美の章 -』が始まるまで少し間が空くので、そこに新たな物語があれば2作の橋渡しにもなるかな、という思いもあり、この作品を書くことにしました。

――タイトルに〝勇者である〟とあるうえで、あえて今回〝勇者ではない〟少女たちを主役とした理由はなんなのでしょうか？

タカヒロ：当初『結城友奈』の2期は量産型勇者たちを登場させるのはどうだろう、と私の脳内ではありましたが、アニメは1期と同じく勇者部単独の物語がベストということになり、その設定を小説に持ってきたのが1つの理由ですね。それゆえに内容は『結城友奈』に対する『鷲尾須美』と同じく、『勇者の章』の前後の物語をカバーするものとなりました。あと、『鷲尾須美』『結城友奈』『乃木若葉』と勇者たちのお話を続けてきて、目新しい切り口も必要だなと感じたところもありました。

朱白：僕としては、最後に芽吹は本当に勇者になれるのだろうか、と自分でもドキドキしながら書いていました。

タカヒロ：そうなんですよね、はじめは〝勇者ではない〟ですし。でも最後までに勇者になれたら、それは〝勇者である〟ですから。それまでは自分たちで名乗り続けようと（笑）。

朱白：でも最後は、芽吹は勇者になれたんだと思います。そして、ちゃんとタイトルも守った！（笑）

――それでは、キャラクターの設定やデザイン、そして作品の気になる部分について、順におうかがいしていきたいと思います。まず、主要キャラクターの5人は、どのような想いや意図をこめてメイキングされたのでしょう？

タカヒロ：歴代勇者たちとは違うキャラクター像を模索する中で、勇者に選ばれなかったいわば挫折組の子たちのお話ですし、王道より尖った設定にしようと、楽しんで設定を作りました。まずは芽吹ですが、勇者に選ばれなかった挫折を経験したせいで、怒っているストイックな少女にしました。

朱白：そうでしたね。タカヒロさんからのオーダーで〝常に怒っている〟女の子といわれたので、そうなるよう僕も書きました。

タカヒロ：なにかするたびに〝芽吹怒りの～〟っていう某映画並のサブタイトルがつきそうなキャラクターですね。常になにかに対して怒っているので、本当に生き辛そうな子です（笑）。

朱白：ストレスがかなりすごそうですけど、大丈夫なんですかね（笑）。

タカヒロ：（笑）。あと、ファンの方々からもいわれていますが、勇者というより特殊部隊の隊長ですよね。プロフェッショナル向きの性格してますし。

朱白：確かに！　大赦直属の特殊部隊ですよね。

タカヒロ：雀に関しては、性格的に特に遊べるキャラクターなので、思いっきり弱虫にしました。

朱白：小動物のような子ですね。雀がメインの第3話では、すごい怖がりな描写をしていますが、実はあれは僕自身の実体験から来ているものなんです。僕も幼い頃はものすごいビビリだったので、ブランコに乗れないとか、病院に行けないとか、そういう体験を思い出しつつ書きました。

タカヒロ：そうだったんですね、それは初耳！　あと、勇者だと「きゃー助けて！」なんていえませんけど、逆に雀ならそういうキャラクターでいけるので、思う存分泣き叫んでいただきました。それでも生還しているので、ギャーギャーいう割にやる時はやる子なんです。次に弥勒さんですが、今までいそうでいなかったお嬢様キャラです。「ですわ」口調はそれだけでキャラが立つおいしい子でありながら、家柄が強い時代である神世紀ならではの、家系的に没落したお嬢様にしました。それゆえに上を目指す意志は強いんですが、実力は今ひとつなんですよ。

朱白：防人番号も20番という微妙な数字（笑）。

タカヒロ：ですね、その辺りも含めてちょっと残念系お嬢様というのが彼女の魅力かな。その中でも、本人のやる気とガッツはしっかりあるんです。

朱白：お嬢様キャラだと、園子とかぶっちゃうかも、と一瞬思ったんですが、そんなことは全然なかったですね、こっちはポンコツなので（笑）。

タカヒロ：園子は真のお嬢様ですから。超越したなにかをもっていそうな雰囲気ありますもんね。

朱白：その部分でも、キャラクターの差別化ができてよかったと思います。

タカヒロ：そうして3人そろったあとで、もう1人勇者を出そうと考えた時に、今までにいなかったタイプとして二重人格のしずくを入れました。表人格は無口にしておいて、キレると裏人格が騒ぐという。第1話ではあえて目立たせず、直後の第2話をしずくの主要回にして、すぐ二重人格を見せることで、キャラクターを分かりやすくしました。

朱白：セリフだけでいうと、どうしても裏人格のほうが多くなっちゃうんですよね。
タカヒロ：主張が激しい分、裏はよくしゃべりますからね。ドラマCDのシナリオを書いている時も、裏がよくしゃべるなあと思いましたし（笑）。
朱白：そうなんですよね、ドラマCDで表だけにしておくと、全然しゃべらないので存在しているのか怪しくなってしまうという（笑）。僕の想像ですが、表人格は常に芽吹のそばにひっついている子なので、愛されているのかな、とは思っています。あと、裏人格のシズクは天才型なので、相反する努力型の芽吹とバディで戦うシーンが書きたかったんですが、特殊部隊という性質上2人きりで戦うことがなかったため、泣く泣く断念しました。いつか書ける機会があれば、ぜひ書いてみたいですね。
タカヒロ：最後に亜耶ですが、4人が問題児ぞろいなので、これで最後の巫女まで跳ねてしまうと、お話がまとまらないなと思い、天使のような子にしました。最終的には、この子のために芽吹たちががんばるお話ですからね。あと、舞台が宗教国家なので本当に神樹を信奉している子が出てきてもいいかな、というのもありました。実は今までいなかった、神樹を心から崇めている純粋無垢な子です。
朱白：実は『勇者である』シリーズに登場した巫女の中で一番巫女らしい巫女じゃないですかね。一番年齢は下ですけど、普通に祝詞も唱えられますし。神樹の巫女としての教育を完全に受けてきて、そのまま純粋に育ってきたんです。
——キャラクターデザインを担当されましたBUNBUNさんには、それぞれの子たちのデザインをどのようにオーダーされたのでしょうか？
タカヒロ：今いったような各キャラクターのコンセプトをまとめてBUNBUNさんにお送りしまして、あとはインスピレーションにお任せしました。そこで出てきた数案のデザインから選んでいきましたね。BUNBUNさんのデザインセンスは本当に素晴らしいので、数案の中に絶対これがいい、と選べるものが入ってるんですよ。雀なんかは、もっと正統派美少女の案もありましたね、載せればウケそうなのが。でも、雀の性格を考えて、あえて一番尖っているデザインにしましたけど（笑）。

朱白：「これでいくのか、タカヒロさん！」って驚きましたよ（笑）。そういったデザイン面でも『勇者である』シリーズの中では珍しい作風ですよね。

タカヒロ：そうですね。2面性を出したかったしずくは、片目が隠れているクールなデザインを選びましたし、夕海子は、園子と違うお嬢様感を出すため、少しだけ髪がロールしている感じになりました。これが本当に絶妙なロール加減で、BUNBUNさんの現代的なセンスならではだと思います。あと亜耶は、もう神デザインです！　本作開始前にチラ見せした時から、亜耶の人気度はすごかったです。

朱白：公開された瞬間、ザワッとしてましたよね。

——防人たちが着る戦衣もかなり特徴的ですが、どのようにデザインされたのでしょう？

タカヒロ：量産タイプであるということと、壁の外での探索を含めた活動がメインだということで、若干SFっぽい雰囲気を強くしていただきました。バイザーはまさに量産型ゆえのデザインで、個性を消すためのものですね。

朱白：大赦の仮面と同じものを感じました。

タカヒロ：そうですね、駒の1つ、という象徴でもあります。武器の銃剣に関しては、みんなで戦う防人の性質上、全員で近接戦闘というのは無理なので、離れたら撃つ、近づいたら刺す、という戦闘スタイルに合ったものにしました。

朱白：銃と剣なので、意外と適応範囲が広いんです。その戦闘スタイルについては、全日本銃剣道連盟から資料を取り寄せて書かせていただきました。直突《ちょくとつ》、抜《だっ》突《とつ》など、技の出し方も現実の銃剣道にそくしたものとなっています。というのも、芽吹は1つ1つの型から勉強、習得して強くなる実直な努力家なんですよ。なので銃剣道においても、きちんと調べて書く必要があったんです。

——では、戦衣のモチーフとなっている植物はなんなのでしょうか？

タカヒロ：タイトルロゴにもなっているナズナです。つまるところの雑草ですね。作品に対してこれ以上のモチーフはないと思います。

朱白：第1話から雑草たちのお話、ですからね。それでも1人も死なずに最後まで生還していますので。

タカヒロ：その生存力も含めての雑草なんです。

――芽吹たちを含めて、防人は32人いますが、それぞれにキャラクターの設定はあるのでしょうか？

タカヒロ：全員に細かく設定が決まっているわけではないんですが、物語が進む中で、朱白さんに設定をうまく落とし込んでいただきました。

朱白：はい、芽吹と防人たちが話すシーンで同じような口調にすると、どちらが話しているのか分からなくなるので、セリフを特徴づけていったら、いつの間にかよりキャラが立っていった感じですね。

――防人たちの戦闘力は『乃木若葉』の初代勇者たちに近いイメージがありますが、実際はどのくらいの強さにあたるのでしょうか？

タカヒロ：若葉たちと比べるのは、ファーストガンダムとジェガンどっちが強いのか、みたいな感じです（笑）。そういう初代のワンオフと後期の量産型の比較になりますが、やはり性能的には初代に軍配が上がりますね。とはいえ、300年後の量産型ですから、かなり近しいレベルにはなっています。ただ、若葉たちには精霊による切り札がありますよね。特に大天狗や酒呑童子が入っていると、もうお話にならないレベル差があると思います。

朱白：僕も基本的に、防人たちは精霊を使っていない初代勇者たちと同じくらいの強さ、という意識で書いていました。星屑相手だと銃では苦戦するんですが、銃より強い剣を使えばなんとか倒せるくらいです。それ以上の相手になると歯が立ちません。ですが、裏人格のシズクと、芽吹だけは基礎能力が高いため、星屑が少し融合したくらいの相手なら渡り合うことが可能ですね。

タカヒロ：さすが1番と9番。一番強い2人です。

――結界外の世界を何度も調査した防人たちですが、この際、溶岩のようなドロドロとした中をかきわけるようにして移動していたのでしょうか？

タカヒロ：溶岩の上をズブズブと歩いています。作中にもありますが、戦衣の耐火性は、唯一勇者より優れている点なんです。『勇者の章』をご覧になっていただけると分かると思いますが、勇者である友奈たちですら溶岩の上は歩いていないんですよ。

――『結城友奈は勇者である』などから、小説内に多くゲストキャラクターが登場した本作ですが、このような展開にされた理由を教えてください。

タカヒロ：『結城友奈』直後のお話ですから、時間軸的にタイミングがよくて、いろいろな作品とからめるんですよ。小説としても『鷲尾須美』『乃木若葉』の次の作品なので、より飽きさせないためにも友奈たちを出したいというアイデアがあり、それを朱白さんにお渡ししてふくらませていただきました。

朱白：はい、できるだけアニメや映画と連動できるようにも心がけました。例えば『鷲尾須美の章』第3章が劇場で上映された直後の第2話では、しずくの回想に銀が登場するようにしました。

タカヒロ：安芸先生が大赦の仮面をかぶるシーンが第3章にあるので、仮面が印象的な第2話の表紙をその月末に合わせたりと、連動性にも気を配りました。これは、リアルタイムで『楠芽吹』を読みながら、シリーズ作品を追ってくださっている方々へのサービス的な意味合いもあります。

――では『勇者の章』との関連性を書くうえで、気をつけられた点を教えてください。

タカヒロ：『勇者の章』の序盤で東郷さんが壁の外に捕らわれていますが、なぜこうなったのか、その背景事情を詳しく書こう、というのが『楠芽吹』のお話でもあるんです。そのリンクについては特に気を配って書いていただきましたね。

朱白：はい、『勇者の章』に至るまでになにがあったのか、『楠芽吹』を読みながらその空白の時間を埋められるよう、情報を少しずつ出していきました。

タカヒロ：さらに『勇者の章』を見ていくと、終盤で天の神などのお話が出てきますが、それらに対しての予備知識的な側面も持たせてくださっています。

朱白：大赦もあのようになるまで、なにもしなかったわけではないんですよ。決していいやり方とはいえませんが、『楠芽吹』での試行錯誤の末に『勇者の章』の展開へとつながっていくんです。

タカヒロ：そう、いろいろな背景事情があるんです。大赦もすぐ生贄を差し出したのではなく、反攻作戦をしようとしていたんです。ですが、まさか天の神そのものが出てくるとは想定外だったんですよ。

朱白：トライアンドエラーを繰り返した結果、やむなく東郷さんのところへ行ってしまったんです。

――全話を振り返ってみての印象深いシーンや、お気に入りのキャラクターを教えてください。

朱白：芽吹が勇者失格をいい渡され、ショックを受ける第1話のシーンと、銃剣二刀流で戦う最終話のシーンですね。この2つは対になっていて、第1話でいきなり底辺まで叩き落とされ、芽吹は生きてきたことがすべて無駄だったと感じるんですが、最終話ですべて無駄ではなかった、と思い直すんです。ある意味1つのシーンともいえる、この2つをしっかりつなげることができたので、僕の中ではお気に入りですね。また『勇者である』シリーズは、〝バトンをつなぐ〟ことがキーワードになっていると思うんですよね。とはいえ、芽吹は主流の物語からは外れているため、世代をつなぐ役割には加担できません。ゆえに僕が本作で伝えたかったのは、個人の中でバトンをつないでいく、ということでした。過去の自分から今の自分へ、そして今の自分から未来の自分へと、経験したことは決して無駄ではなく、1つ1つ積み重なってバトンとしてつながっていくんです。それを表現できたという意味でも、この2つのシーンは本当に心に残っています。

タカヒロ：多分銃剣二刀流はかぶると思ったので先に答えていただいてよかった（笑）。あの二刀流は朱白さんのアイデアでもありまして、本当にカッコよく書いていただき、私もすごく好きなシーンです。あと、第2話で芽吹がシズクを力ずくでねじ伏せたシーンがいいですね。怒りの芽吹のマッシブさが本当によく出ていて。不平不満をいうヤツに対して、芽吹隊長はどう立ち向かうのかと思えば、力ずくで従わせるという、至極まっすぐな方法でした（笑）。

朱白：友奈たちとはまったく違う説得の仕方でしたね、猛犬は殴って上下関係を分からせる的な（笑）。

タカヒロ：悩んだら相談、じゃなくてマウンティングして従わせる（笑）。本当アーミーな人なんです。そういった意味でも『楠芽吹』ならではの特殊部隊感が出ていて好きですね。

朱白：キャラクターとしては、弥勒さんが一番好きです。ポンコツお嬢様大好きなので！

タカヒロ：書きやすいっていうのもありますよね。ドラマCDでも弥勒さんが一番しゃべってますもん。

朱白：しゃべるだけでキャラが立ってしまう、ものすごくおいしいポジションなんですよね（笑）。

タカヒロ：私は、尖ったキャラクターにできた雀がお気に入りです。防人番号が一番下でどうしようもない子なんですけど、最後まで生き残ったことは特筆に値すると思います。媚びへつらっても許されるキャラクターってなかなかいないですし、そんな設定にできて、新たな境地を開かせてくれたことに感謝していますし、とても大事にも思っています。

――作中にて、弥勒家とともに四国の危機を救ったという赤嶺家の名前が出てきましたが、この赤嶺家については、今後どこかで語られるのでしょうか？

タカヒロ：アニメの媒体ではないですが、違う場所で展開する予定はあります。

朱白：僕としてもなにか動きがあれば、ぜひその部分を書きたいですね。

――最終話後も防人として活動を続けていく芽吹たちですが、この後のエピソードについては、なにか予定されていたりするのでしょうか？

タカヒロ：そうですね、2月に発売が予定されています、ドラマCDで軽く後日談的な内容を入れられたらいいな、とは考えています。そこでいろいろな芽吹たちの姿を見られると思いますよ。あと、ぜひゴールドタワーにも行ってみてください！

――『楠芽吹』から『ゆゆゆい』へのキャラクター参戦はあるのでしょうか？

タカヒロ：私は出してください、って制作陣にいっております（笑）。

朱白：制作の方も出したいとおっしゃっているので、あとは諸々の事情が解決すればきっと！（笑）

タカヒロ：『ゆゆゆい』の世界観的に、勇者システムの強さは最新にそろえられるので、別に防人だけが劣るはずはないんですよね。

朱白：そうですね、外見は戦衣のままですが、芽吹たちも勇者と同レベルに引き上げられると思います。

タカヒロ：神樹としても戦力が多いに越したことはないですし、設定上呼び出せないはずはないので、出てほしいですね。個人的に、園子の次に誰か登場するのであれば、間違いなく芽吹になると思ってます。国防仮面じゃない限り（笑）。

朱白：まさかの国防仮面単独参戦（笑）。

――発売が予定されていますドラマCDは、どのような内容になっているのでしょう？

朱白：『楠芽吹』の第1話から第3話辺りまでの中で、キャラクターたちが活躍しているシーンをつなげてまとめた本編がCD前半に入っています。

タカヒロ：そうですね、せっかくですからカッコいいところを見せたいですし。その本編のおいしいところに声がついて、いいお芝居が聴けるというのが前半で、後半には防人たちの日常を書いたショートストーリーが詰まっています。こちらは、朱白さんと私でシナリオを書かせていただいています。

朱白：本作は芽吹の視点から語られていますが、ドラマCDでは本編の一部に、他のキャラクターの視点を加えています。そのキャラクターがどう思っていたのかが分かるようになっていますので、ぜひ聴いてほしいです。

タカヒロ：あと、安芸先生も出ますよ！

――最後になりますが『楠芽吹』を読んでくださったみなさんへ、メッセージをお願いします。

タカヒロ：朱色さんが短い連載の中で濃密なお話を書いてくださり、私自身感謝でいっぱいです。芽吹は『勇者である』シリーズの根底に流れる精神論に、近い部分にいるキャラクターの1人であると思っています。そんな傷つきながらも決して折れない、ストイックな芽吹の生き様がみなさんの心に届いていたならうれしいです。『楠芽吹』を含め『勇者である』シリーズを引き続きよろしくお願いします！

朱白：勇者になれなかった裏方である芽吹たちの、華やかではない泥臭いお話に、最後までおつきあいいただきありがとうございました！　〝勇者ではない〟少女たちを描くことが『勇者である』シリーズの補完になるという変わり種の作品でしたが、読んでよかったな、と思われる作品になっていたなら幸いです。いつかまた、防人たちが勇者たちと関わるお話を書けたらうれしいです！

2人が見る
光の先に
あるものは――。

結城友奈は勇者である

勇者の章

原作／Project 2H

企画原案／タカヒロ（みなとそふと）

総監督／岸誠二

監督／福岡大生

シリーズ構成／上江洲誠

キャラクターデザイン原案／BUNBUN

アニメーションキャラクターデザイン＆総作画監督／酒井孝裕

コンセプトアート／D.K＆JWWORKS

音楽／岡部啓一・MONACA

アニメーション制作／Studio五組

MBS、TBS、CBC、BS-TBS、ほか“アニメイズム”枠にて

TVアニメ好評放送中！

楠芽吹たちの紡いだ物語は、
TVアニメ『結城友奈は勇者である -勇者の章-』へとつながってゆく。
はたしてこの絶望しかない世界はどうなってゆくのだろうか——？

2017年12月16日　初版発行

楠芽吹は勇者である

Kusunoki Mebuki wa YUSHA de aru

企画原案・シリーズ構成　タカヒロ（みなとそふと）
執筆　朱白あおい（ミームミーム）
イラスト　BUNBUN
監修　Project 2H

SPECIAL THANKS　青木隆夫（Studio五組）

デザイン　5GAS DESIGN STUDIO
株式会社アイダックデザイン

編集　内山景子（電撃G's magazine編集部）

協力　ポニーキャニオン
毎日放送
Studio五組

発行者　郡司 聡

プロデュース　アスキー・メディアワークス
〒102-8584
東京都千代田区富士見1-8-19
電話　03-5216-8385（編集）
電話　03-3238-1854（営業）

発行　株式会社KADOKAWA
〒102-8177
東京都千代田区富士見2-13-3

印刷・製本　共同印刷株式会社

●本書の無断複製（コピー、スキャン、デジタル化等）並びに無断複製物の譲渡および配信は、著作権法上での例外を除き禁じられています。また、本書を代行業者などの第三者に依頼して複製する行為は、たとえ個人や家庭内での利用であっても一切認められておりません。

●製造不良品はお取り替えいたします。購入された書店名を明記して、アスキー・メディアワークス　お問い合わせ窓口あてにお送りください。送料小社負担にてお取り替えいたします。但し、古書店で本書を購入されている場合はお取り替えできません。

●定価はカバーに表示してあります。

Printed in Japan
ISBN978-4-04-893501-2　C0076

小社ホームページ　http://www.kadokawa.co.jp/

©2017 Project 2H

[初出] 電撃G's magazine 2017年8月号～2018年1月号（KADOKAWA刊）